Carlo Lucarelli
Der trübe Sommer

D1930979

SERIE PIPER

Zu diesem Buch

Es liegt ein Gewitter in der Luft, und die Straße ist staubig, auf der De Luca von Bologna nach Rom unterwegs ist. Da spricht ihn Brigadiere Leonardi an: Man schreibt das Jahr 1945, die Faschisten sind besiegt, aber noch wird jeder Reisende argwöhnisch kontrolliert. Er begleitet ihn ins Dorf zum Tatort eines schauerlichen Verbrechens, dem eine ganze Familie zum Opfer gefallen ist. In der zum Zerreißen gespannten Atmosphäre zwischen Partisanen und Polizei, zwischen den abwartenden Menschen im Dorf und dem mißtrauisch beäugten Fremden De Luca versuchen die beiden auf sich allein gestellten Kommissare den Fall zu lösen. Commissario De Luca reist inkognito und trägt selbst ein dunkles Geheimnis mit sich herum. Auf seiner Suche nach den Schuldigen besitzen Begriffe wie Lüge und Wahrheit, Treue und Verrat bald keine Gültigkeit mehr.

Carlo Lucarelli, geboren 1960, unterrichtet an der von Alessandro Baricco gegründeten Schule für Kreatives Schreiben in Turin. 1990 veröffentlichte er seinen ersten Roman, »Freie Hand für De Luca«, es folgten die De-Luca-Romane »Der trübe Sommer« und »Der rote Sonntag«, ausgezeichnet mit dem renommierten Premio Mistery.

Carlo Lucarelli
Der trübe Sommer

Ein Fall für Commissario De Luca

Aus dem Italienischen von
Barbara Krohn

Piper München Zürich

Von Carlo Lucarelli liegen in der Serie Piper außerdem vor:
Freie Hand für De Luca (5693)
Der rote Sonntag (Piper Original, 7010)

Ungekürzte Taschenbuchausgabe
Februar 2002
© 1991 Carlo Lucarelli
Titel der italienischen Originalausgabe:
»L'estate torbida«, Sellerio editore, Palermo 1991
© der deutschsprachigen Ausgabe:
2000 Piper Verlag GmbH, München
Umschlag: Büro Hamburg
Isabel Bünermann, Meike Teubner
Foto Umschlagvorderseite: akg-images, Berlin
Foto Umschlagrückseite: Hans Günter Contzen
Gesamtherstellung: Clausen & Bosse, Leck
Printed in Germany ISBN 3-492-23490-9

Einige Leute vergessen völlig, daß noch nicht einmal ein Jahr vergangen ist, seit wir Tag für Tag unser Leben aufs Spiel setzten, seit die Genossen loszogen, um zu schießen, seit sie in der Villa Trieste gefoltert wurden ... Damals, als die Kommunisten stellvertretend für alle anderen schossen und starben, hat niemand zu ihnen gesagt, sie sollten nicht »übertreiben« ...

L'Unità vom 2. November 1945

Legen wir die Waffen nieder, denn wir haben sie gebraucht, um die Deutschen zu verjagen, und wir haben die Deutschen verjagt ... Wir sehnen uns nicht nach Abenteuern, wir wollen keine Militärparaden, wir haben im Krieg gekämpft, und wir haben ihn gewonnen, jetzt aber wollen wir daran arbeiten, daß wir den Frieden nicht wieder verlieren ...

L'Unità vom 31. Mai 1945

1

Mitten auf dem Weg lag eine Mine. Irgendwer hatte seitlich ein wenig gegraben, den glänzenden Rand der Mine freigelegt und direkt daneben einen Stock mit einem roten Stoffetzen am oberen Ende in den Boden gerammt. Ein bißchen hatte er auch unter der Mine gegraben, und genau dort hatten die Ameisen ein kreisrundes Loch mit einem leicht gewölbten Rand ausgeworfen, das von dem grauen Metall überdacht wurde. De Luca saß auf einem Stein, den dünnen Mantel über den Knien, und sah den Ameisen zu, wie sie hektisch in ihr Nest hinein- und wieder herauskrabbelten. Eine von ihnen versuchte, auf seinen Schuh zu klettern, und es war, als würde auch sie ihn ansehen, den Kopf in den nicht existenten Nakken geworfen und wie wild die Fühler in alle Richtungen streckend.

»Sie spüren das Gewitter«, sagte eine Stimme hinter ihm, und De Luca fuhr mit einem halblauten Schrei herum. Der Mann, der vor ihm stand, war groß, jung, hatte lockiges Haar und trug eine Lederjacke wie Piloten. De Luca registrierte, daß der Mann bewaffnet war, denn unter seiner Jacke zeichnete sich der straff gespannte Stoff einer alten Militärpistolentasche ab. Er senkte sofort den Blick. Der Mann hingegen musterte ihn aufmerksam.

»Sie sind nicht von hier, stimmt's?« fragte er. De Luca nickte, er atmete schneller und preßte den Regenmantel gegen die Brust. Er mußte sich erst räuspern, bevor er antworten konnte. Vor Anspannung tat ihm das Schlucken weh.

»Ich bin auf der Durchreise, ich komme aus Bologna und will weiter nach Rom, aus beruflichen Gründen, aber vorher muß ich nach Ravenna, wo Verwandte von mir wohnen«, sagte er hastig, als würde er ein Gedicht herunterleiern. Der Mann lächelte.

»Das hier ist eine gefährliche Gegend«, sagte er. »Es wimmelt nur so von Minen, die die Deutschen zurückgelassen haben ... Erst gestern hat wieder ein Kind einen Arm verloren. Kann ich Ihre Papiere sehen?«

De Luca faßte so schnell in die Manteltasche, daß der Mann augenblicklich nach seiner Pistole griff. De Luca hielt ihm mit ausgestrecktem Arm den nagelneuen Personalausweis hin, der nur an einer Seite etwas eingeknickt war, außerdem ein zusammengefaltetes Blatt Papier. Der Mann nahm die Dokumente und behielt sie in der Hand, ohne sie eines Blickes zu würdigen. Immer noch musterte er De Luca. Und lächelte dabei.

»Sie heißen?«

»Morandi«, sagte De Luca, ohne zu zögern, »Morandi Giovanni, früher …«

»Schon gut, schon gut … Morandi Giovanni … schon gut.« Er hielt ihm die Ausweise wieder hin, aber als De Luca sie nehmen wollte, zog er schnell den Arm zurück, und De Luca griff ins Leere, verwirrt und befangen von diesem starren Blick und dem eigenartigen, schrägen Lächeln. Er schluckte erneut und fuhr sich mit der Zunge über die trockenen Lippen.

»Und wer sind Sie?« fragte nun er schnell, und am Anfang zitterte seine Stimme.

»Brigadiere Leonardi«, sagte der Mann. »Partisanenpolizei. Wo habe ich Sie nur schon einmal gesehen, Signor Morandi? In Mailand? Waren Sie irgendwann einmal in Mailand?«

»Ich komme aus Bologna«, sagte De Luca.

»Mailand, 1943 … waren Sie 1943 irgendwann in Mailand?«

»Ich komme aus Bologna.«

»Es muß in Mailand gewesen sein, wo ich Sie schon mal gesehen habe, und zwar 1943 …«

Aufhören, dachte De Luca, *aufhören, bitte, laßt mich in Ruhe* … aber statt dessen wiederholte er: »Ich komme aus Bologna«, es klang fast wie eine Klage.

Leonardi wandte nun endlich den Blick ab. Er öffnete seine Jackentasche und ließ die Ausweise darin verschwinden.

»Gut«, sagte er. »Gehen wir.« Er drehte sich um

und machte Anstalten zu gehen, aber De Luca rührte sich nicht von der Stelle.

»Wieso?« fragte er mit rauher Stimme.

»Ich bringe Sie ins Dorf. In zwei Stunden wird es dunkel, und nachts können Sie hier nicht einfach durch die Gegend laufen. Da sind zum einen die Minen, und außerdem«, er sah De Luca jetzt direkt in die Augen, »könnte jemand Sie für einen Faschisten halten, der auf der Flucht ist. Ab und zu kommen welche von denen hier vorbei und versuchen, sich querfeldein nach Süden durchzuschlagen ... nur daß sie dort nie ankommen. Glauben Sie mir, Signor Morandi, kehren wir lieber ins Dorf zurück. Um Mißverständnisse zu vermeiden.« Wieder lächelte er sein schräges Lächeln.

Sie folgten dem Weg bis zur Straße, wo ein Jeep stand. Auf der Autotür war über einem halb abgekratzten amerikanischen Stern die rote Aufschrift CLN* zu lesen. Leonardi schwang sich auf den Fahrersitz, De Luca setzte sich neben ihn. Er zog den Regenmantel fest um sich und saß in sich zusammengesunken da, das Kinn fast auf der Brust. Er war müde, so unglaublich müde, daß er die Augen schloß und sich auf dem unbequemen Sitz von den Schlaglöchern hin und her werfen ließ, ohne Leonardi zuzuhören, der in einem fort redete, dabei ein forsches Tempo vorlegte und einfach nicht aufhörte zu reden.

* Comitato di Liberazione Nazionale.

»Ich habe die Dienststelle in Sant'Alberto kurz nach der Befreiung übernommen«, sagte er. »Es gibt jede Menge zu tun, wissen Sie, das Einsatzgebiet ist ziemlich groß, und in den letzten sechs Monaten sind die Carabinieri erst bis San Bernardino gekommen. Klar, theoretisch wären mir zwei Leute zugeteilt, aber ich arbeite lieber allein, obwohl – manchmal wäre ein bißchen mehr Erfahrung ...« Er warf De Luca einen schnellen Seitenblick zu, den dieser gar nicht bemerkte. »Denn, sehen Sie, diese Arbeit macht mir Spaß, ungelogen, sie macht mir wirklich Spaß.«

Der Jeep hielt mit einem Ruck, und De Luca riß die Augen auf. Sein Herz begann heftig zu klopfen, und seine Müdigkeit war schlagartig verflogen. Sie hatten auf dem Hof einer abgelegenen Bauernkate angehalten, deren Fenster verrammelt waren.

»Weshalb halten wir hier?« fragte De Luca und richtete sich auf. »Das ist doch nicht das Dorf.«

Leonardi sprang aus dem Jeep. »Ich muß noch etwas erledigen«, sagte er gelassen. »Kommen Sie mit.«

»Warum?«

»Ich will Sie nicht allein hier draußen lassen, womöglich fängt es bald an zu regnen. Kommen Sie mit ins Haus.« Er trat auf ihn zu, streckte ihm den Arm entgegen und stemmte den anderen in die Hüfte, in Reichweite der Pistole. De Luca kletterte aus dem Jeep und vermied es, Leonardi auch nur zu berühren. Er folgte ihm zum Haus und versuchte, dicht hinter ihm zu bleiben, dabei war er ganz starr vor Angst und konnte nur mühsam einen Schritt vor den anderen setzen. Er atmete schwer, aber Leonardi schien es nicht zu bemerken.

»Hier ist ein Mord geschehen«, sagte Leonardi und wies auf die ruhig daliegende Vorderfront des Hauses, »ein sehr häßlicher Mord. Vier Menschen und ein Hund.« Er zeigte auf eine in der Wand befestigte Kette, die mitten auf den Hof zu einem leeren, offenen Hundehalsband führte, das aussah wie ein weit aufgerissenes Maul. De Luca sah Leonardi nicht an, hörte ihm auch nicht zu, sondern starrte unentwegt auf den schwarzen Pistolenschaft, der unter der Jacke zum Vorschein kam und sich bei jedem Schritt bewegte. Vor der Tür blieb Leonardi stehen, zog einen Schlüsselbund aus der Tasche und schloß mit einem der Schlüssel auf. Er stieß die Tür mit dem Fuß auf und gab De Luca einen Wink, einzutreten.

»Nach Ihnen«, sagte er.

De Luca biß die Zähne zusammen. Am liebsten hätte er laut gebrüllt, auf dem Absatz kehrtgemacht und Reißaus genommen, aber die Angst hinderte ihn sogar am Denken, und so machte er nur einen Schritt, einen unnatürlich großen Schritt, und betrat ein dunkles Zimmer. Er starrte in die vor ihm liegende Dunkelheit, traute sich nicht einmal, die Augen zu schließen, und wartete, während sich ihm alles drehte, die Schultern und die Nackenmuskeln vor Anspannung schmerzten und seine Hände sich in den Stoff des Regenmantels krallten. Er wartete und wartete und wartete.

Als Leonardi ein Fenster öffnete und Licht in das Zimmer strömte, stöhnte De Luca leise auf.

»Die ganze Familie ist zu Tode geprügelt worden«, sagte Leonardi und ging im Raum auf und ab, während De Luca ihn verwirrt anstarrte. Die Pistole steckte noch immer in der Pistolentasche.

»Den alten Guerra haben wir hier gefunden.« Leonardi blieb vor einer Tür stehen und zeigte auf den Fußboden. »Mit einer Hand an der Klinke. Er hatte die Tür fast schon auf, aber dann hat er von hinten einen Schlag abbekommen, direkt ins Genick. Der junge Guerra, das Oberhaupt der Familie, lag mitten im Zimmer.« Er schwieg, streckte die Arme von sich, ließ den Kopf zur Seite fallen, riß Augen und Mund auf. De Luca starrte ihn noch immer an, ohne zu begreifen, was hier vor sich ging. Die Anspannung, die er soeben noch gespürt hatte, hatte ihm alle Kraft geraubt, seine Beine zitterten so stark, daß er gezwungen war, sich auf eine Stuhllehne zu stützen. Erst da bemerkte er die großen Flecken getrockneten Bluts auf dem Fußboden und an den Wänden.

»Auch er ist erschlagen worden«, fuhr Leonardi fort, »aber von vorn. Und die Alte hatte sich im Kamin versteckt, da drüben«, er zeigte auf einen Kamin, vor dem ein umgestürzter Stuhl lag, »und wenn Sie mich fragen, hat sie sich keinen Zentimeter von da wegbewegt. Delmos Frau lag unter dem Tisch, hier.«

Er legte die Hand auf eine Holzplatte und bückte sich, um darunterzusehen. »Genau hier.«

De Lucas Augenlider zuckten, und er schüttelte den Kopf.

»Warum?« fragte er.

»Warum was?«

»Warum erzählen Sie mir das alles?«

Leonardi zuckte mit den Schultern. »Ich habe nur laut gedacht. Ich leite die Untersuchungen.«

»Natürlich, aber ich ... Ich bin doch ein Fremder ... Ich dürfte gar nicht hier sein. Das polizeiliche Ermittlungsverfahren ...«

»Das Ermittlungsverfahren?« Leonardi lächelte sein eigenartiges, schräges Lächeln, bei dem er die Lippen schürzte. »Verstehen Sie denn etwas von polizeilichen Ermittlungsverfahren?«

De Luca schüttelte heftig den Kopf und wandte sich schnell ab. »Nein«, sagte er mit Nachdruck, »ich ... ich dachte nur.«

»Gut, sie dachten also nur ... auch gut.« Leonardi nahm seinen Gang durch das Zimmer wieder auf, nun mit schnelleren Schritten. »Sie waren gerade beim Essen«, sagte er und zeigte auf den Tisch, »eine karge Mahlzeit, wie Sie sehen, Delmo war halb Dieb, halb Wilderer, und die Familie lebte von dem, was er nach Hause brachte. Doch diesmal haben sie nicht zu Ende essen können. Also, was halten Sie von der Sache?«

»Ich?« De Luca tippte sich mit dem Finger auf die Brust. »Ich?« wiederholte er.

»Ich sehe nur uns beide in diesem Zimmer.«

»Sie glauben, daß ich es war, der ...«

»Aber nicht doch, reden Sie keinen Unsinn ... Ich weiß genau, daß Sie mit der Sache nichts zu tun haben. Drücken wir es einmal so aus: Ich frage Sie, weil ich neugierig bin. Also, was sagen Sie zu dieser Geschichte?«

»Sie ist schrecklich.«

Leonardi verdrehte die Augen. »Mein Gott«, murmelte er entnervt. »Also gut, dann sage *ich* Ihnen jetzt, was ich davon halte. Die Familie Guerra saß seelenruhig zu Hause und war gerade beim Essen, stimmt's?«

De Luca zuckte die Achseln. »Ja, wahrscheinlich ... ich denke schon ...«

»Gut. Und dann kommt einer daher, der es auf sie abgesehen hat, erledigt zuerst den Hund und dringt dann ins Haus ein, und zwar von der Hinterseite.« Mit dem Daumen wies er auf die Tür, vor der der alte Guerra gelegen hatte.

»Warum ausgerechnet von dort?« fragte De Luca und biß sich augenblicklich auf die Lippen.

»Weil eine der Fensterscheiben kaputt ist, das zeige ich Ihnen nachher. Gut, also, sie dringen ins Haus ein, völlig überraschend natürlich, denn Delmo war immer auf der Hut und hatte das Gewehr in Griffweite, dann fallen sie über die ganze Familie her und prügeln sie zu Tode. Danach laufen sie weg. Bis dahin stimmt es, oder?«

»Vielleicht ... ja, sicher.« De Luca warf einen kurzen, unschlüssigen Blick zur Tür, und Leonardi bemerkte es.

»Was haben Sie?«

»Nichts, gar nichts ...«

»Sagen Sie es, sagen Sie es ...«

»Ich meine nur, daß«, De Luca strich sich über das unrasierte Kinn und schüttelte den Kopf, »weshalb müssen sie erst den Hund vor dem Haus töten, wenn sie dann doch von hinten eindringen?« Er runzelte die Stirn und schob nachdenklich die Lippen vor, ohne das versteckte Lächeln zu bemerken, das kurz über Leonardis Gesicht huschte. »Außerdem ... außerdem kommt es mir merkwürdig vor, daß der Alte ausgerechnet durch die Tür geflohen sein will, durch die die anderen hereingekommen sind, und überhaupt ... Darf ich das Zimmer mal sehen?« Er zeigte auf die Tür, und Leonardi beeilte sich, sie zu öffnen, weit aufzureißen. In dem Zimmer befand sich ein Fenster mit einem Loch, einem kreisrunden Loch, inmitten von spitzen Glasscherben, die aussahen wie die ausgestreckten Finger einer Hand.

»Es stand offen«, sagte Leonardi. »Wir haben es zugemacht, aber es stand offen.«

De Luca nickte. Er ging zum Fenster, öffnete es behutsam, damit die Glasscherben nicht herausfielen, und beugte sich hinaus.

»Nein«, sagte er. »Nein, das glaube ich nicht ... Weder draußen, noch auf der Wand sind Abdrücke zu sehen ... Das Fenster war schon vorher kaputt, im Gegenteil, ich habe eher den Eindruck ...«

»Signor Commissario!« sagte Leonardi. De Luca drehte sich automatisch um.

»Ja?« sagte er mit fester Stimme, dann preßte er die Lippen zusammen. Er schloß die Augen, ihm lief ein Schauer über den Rücken, und als er die Augen wieder öffnete, sah Leonardi ihn unverwandt an, doch diesmal lächelte er offen und hochzufrieden, dieses verdammte schräge Lächeln. De Luca ließ die Arme sinken, als wären sie aus Blei, und sackte in sich zusammen.

»Was wollen Sie von mir?« fragte er mit einem Seufzer.

2

»Meines Wissens könnten Sie irgendwer sein, ein armer Schlucker, ein Lehrer, ein Ingenieur ... genau, sagen wir einfach, Sie sind Ingenieur, ein Ingegnere, was halten Sie davon?«

De Luca sagte gar nichts. Seit er in den Jeep geklettert war, hatte er den Mund nicht mehr aufgemacht, seine Lippen waren wie versiegelt. Leonardi hingegen war nicht einen Augenblick still gewesen. Er hatte ihn ins Dorf gefahren und in eine Osteria gebracht, jedenfalls stand das auf dem Schild neben der Tür, denn von innen sah das Haus aus wie jedes andere auch. In der Mitte des Zimmers standen drei Holztische, und die beiden Männer saßen jetzt am kleinsten Tisch, De Luca reglos mit verschränkten Armen, die Lippen aufeinandergepreßt, ihm gegenüber Leonardi, die Ellbogen auf die Tischplatte gestützt und zu ihm vorgebeugt.

»Jetzt hören Sie mir einmal gut zu, Ingegnere. Sie sehen einem gewissen Commissario De Luca, den ich einmal bei einem Kurs für Polizeibeamte in Mailand kennengelernt habe, wirklich verdammt ähnlich. Ein erstklassiger Kommissar, dieser De Luca, er war für alle so etwas wie ein Mythos ... Der Leiter der Schule nannte ihn den *brillantesten Ermittler der gesamten italienischen Kriminalpolizei*. Später hat er sich offenbar ein wenig in der Politik verirrt, denn ich habe ihn auf einer Liste von Personen wiedergefunden, die vom CLN gesucht werden, in einer Reihe häßlicher Namen von Anhängern Mussolinis ... Aber lassen wir diesen Commissario De Luca einmal außen vor, lassen wir ihn einfach da, wo er ist.« Leonardi drehte sich um und starrte auf eine geschlossene Tür. Sie saßen ganz allein in dem Raum, vor einem großen, erloschenen Kamin, und um sie herum wurde es allmählich dunkel, denn die Sonne ging nun draußen schnell unter.

»Was ist los, ist niemand da?!« brüllte Leonardi, stand auf, riß die Tür auf und brüllte erneut: »Ist niemand da?!«, wich jedoch augenblicklich einen Schritt zurück, weil ein junges Mädchen auf der Schwelle erschien und ihn anrempelte. Leonardi setzte sich wieder an den Tisch.

»Das ist Francesca, Ingegnere, Francesca la Tedeschina, das Deutschenliebchen ...« Er wollte sie an sich ziehen, doch sie entwand sich seinem Zugriff mit einem kräftigen Schwung aus der Hüfte, ohne ihn eines Blickes zu würdigen. Sie holte zwei Gläser und eine Flasche vom Kaminsims. Leonardi lächelte.

»Ist sie nicht reizend, unsere Francesca? Finden Sie nicht auch, daß diese Frisur ihr ausgezeichnet steht?«

De Luca hob den Blick und sah das Mädchen jetzt zum erstenmal richtig an. Sie war noch sehr jung, und ihre schwarzen Haare waren eigenartig ungleichmäßig geschnitten, wie bei einem Jungen. Das gab ihrem Aussehen etwas Wildes, Freches, genauso wie die schwarzen Augen, die De Luca eindringlich, mit einer fast boshaften Direktheit anfunkelten.

»Unsere Francesca wird auch Tedeschina genannt, weil die Deutschen ihr allzugut gefielen«, sagte Leonardi, »und deshalb hat sie sich auch einen kostenlosen Haarschnitt bei unserem Barbier verdient. Hab ich recht, Tedeschina?«

»Mit dem Deutschen bin ich gegangen, weil er gut aussah«, sagte das Mädchen hart und goß De Luca Wein ein, »und ich gehe mit dem, der mir gefällt. Keine Angst, bei dir besteht da keine Gefahr.«

Leonardi lächelte noch immer, sprang dann unvermittelt auf und stieß den Stuhl zurück, denn sie hatte sein Glas so voll geschenkt, daß der Wein ihm nun auf die Hose tropfte.

»Mein Gott, Tedeschina!«

Das Mädchen warf De Luca einen schnellen Blick zu, einen Blick, der wie ein Lächeln war, ein böses Lächeln. Als sie den Raum verließ, klapperte sie so laut mit ihren Holzpantinen, daß sie Leonardis Stimme übertönte, der ihr hinterherrief: »Mach das Licht an!« – und ließ sie im Dunkeln sitzen.

»Das elektrische Licht ist der einzige Grund, weshalb dieses Haus als Osteria durchgeht, denn die Tedeschina und ihre Mutter sind die dümmsten Frauen in der ganzen Romagna, das weiß hier jeder.« Leonardi leerte sein Glas und schenkte es sich gleich wieder voll. De Luca trank nicht. Er starrte auf die Flasche Wein, eine Halbliterflasche aus grünem Glas mit einer im Halbrelief aufgeprägten Traube und in der Mitte einem Sechseck mit abgeschliffenen Rändern. Zu Hause, als er ein Kind gewesen war, hatten sie genau dieselbe Flasche gehabt, er hätte gern die Hand ausgestreckt, um sie zu berühren, aber Leonardi fing schon wieder an zu sprechen.

»Sehen Sie, mein Beruf macht mir einfach Spaß. Bei mir findet die Arbeit hier oben statt«, er tippte sich mit der Fingerspitze an die Stirn, »und ich glaube sogar, daß ich sie ziemlich gut mache. Was mir fehlt, ist die Erfahrung. Ich war gerade mitten in der Polizeiausbildung, als der Waffenstillstand kam, und da bin ich sofort in die Berge gegangen, zu den Partisanen ... Die praktischen Kenntnisse habe ich mir selbst beigebracht, aber das reicht nicht, jedenfalls wird das bald nicht mehr reichen, denn es wird zwar alles anders werden, womöglich gibt es sogar eine Revolution, aber die Polizei bleibt doch immer dieselbe, das habe ich begriffen. In Lugo hat das Polizeipräsidium seine Arbeit wieder aufgenommen, und sie haben einen an die Spitze gesetzt, der auch früher schon das Sagen hatte. Und dabei ist der Bürgermeister ein Partisan! Glauben Sie mir, ein Jahr noch, und die schicken uns alle nach Hause, ob nun Togliatti an der Regierung ist oder De Gasperi.«

Mit einemmal ging das Licht an, wie ein Blitz, so

daß De Luca schon glaubte, es müsse gleich ein Donner folgen. Aber da war nur das Klacken der Holzpantinen Tedeschinas, die mit zwei Tellern, auf denen etwas Rotes schwamm, um den Tisch herumkam. Einen der Teller stellte sie vor De Luca ab, den anderen ließ sie vor Leonardi auf den Tisch fallen, so daß er erneut aufspringen mußte, um nicht mit Tomatensauce bespritzt zu werden. Er streckte den Arm nach ihr aus, und diesmal gelang es ihm, sie im Vorbeigehen festzuhalten.

»Komm doch mal ein bißchen her, du ... Lauf nicht immer gleich weg. Was für ein Zeug ist das?«

»Kaninchen, Kaninchen in Sauce.« Sie hatte eine harte Art, die Worte hervorzupressen, die Tedeschina, als würde sie beim Sprechen immer das Kinn heben und die Zähne zusammenbeißen.

»Kaninchen, was? Das ist eine Katze, sag ich dir.«

»Wenn du es nicht willst, nehm ich es wieder mit. Und wenn du nicht sofort die Hand von meinem Arsch nimmst, sag ich es Carnera.«

Leonardi setzte sich wieder ordentlich hin, und das breite Lächeln auf seinen Lippen kräuselte sich einen Moment lang.

»Geh nur, geh«, sagte er. »Katze ist auch gut. Und deinen Arsch kannst du gern behalten.« Er hob die Hand, um ihr, als sie sich wegdrehte, einen deftigen Klaps auf den Hintern zu versetzen, doch dann überlegte er es sich anders und brach die Bewegung ab, so daß es aussah wie ein halber Hitlergruß.

De Luca besah sich das Kaninchen, die Katze oder

was immer es auch war, das da in Tomatensauce schwamm. Er hatte seit dem Vorabend nichts mehr gegessen, er hatte Hunger, aber der Geruch nach warmem Schmalz verschloß ihm den Magen und bereitete ihm geradezu Schwindelgefühle. Leonardi hingegen hatte im Nu den Teller zur Hälfte leer gegessen.

»Was man braucht, sind Empfehlungen«, sagte er mit vollem Mund, »oder man muß ihnen eben zeigen, daß man etwas auf dem Kasten hat. Das ist auch der Grund, weshalb ich mich für den Fall Guerra interessiere. Das ist der erste Fall ohne politischen Hintergrund, verstehen Sie, was ich meine? Ohne politischen Hintergrund ... und ein großes Ding obendrein. Und das will ich lösen, ich will zu den Carabinieri gehen und sagen können, so und so ist es passiert, die und die sind es gewesen, und hier sind die Beweise. Aber wie ich Ihnen schon gesagt habe, mir fehlt die Erfahrung, mir fehlt die Hilfe von einem ... von einem Ingegnere. Einem Ingegnere wie Ihnen.«

De Luca nahm die Gabel, stach ins Fleisch und schob es auf dem Teller hin und her. Seine Übelkeit war nur noch größer geworden, und größer geworden war auch sein Hunger.

»Wer ist dieser Carnera?« fragte er heiser, denn er hatte seit geraumer Zeit nichts mehr gesagt.

»Carnera?« fragte Leonardi.

»Das Mädchen, diese Tedeschina, hat vorhin gesagt, daß sie es Carnera sagen würde, wenn ...«

Leonardi hob eine Hand und schüttelte den Kopf. »Also, den vergessen Sie am besten gleich wieder. Carnera hat etwas gegen ... gegen Ingegneri. Der hat im Krieg die abenteuerlichsten Sachen gemacht, der hat mehr Deutsche umgebracht als die ganze Fünfte Armee ... Hier in der Gegend ist er eine Legende. Aber Sie haben meine Frage noch nicht beantwortet, Sie versuchen, das Thema zu wechseln. Wie sieht's aus, Ingegnere, helfen Sie mir bei diesem Fall oder nicht?«

De Luca schnitt ein Stück Fleisch ab, ließ es aber auf dem Teller liegen. Er schenkte sich ein Glas Wein ein.

»Wieso«, sagte er, »habe ich denn die Wahl?«

Leonardi lächelte. »Nein, die haben Sie nicht.«

Die Tür ging auf, und zwei Männer kamen herein. Einer von ihnen, im Hemd, eine Baskenmütze auf dem Kopf, hob die Hand, um Leonardi zu begrüßen. Sie setzten sich an einen anderen Tisch, der weit genug von ihnen weg stand, aber Leonardi beugte sich trotzdem weiter nach vorn und schob die Flasche zur Seite, um sie nicht umzustoßen.

»Das mit dem Fenster ...«, flüsterte er, »das zerbrochene Fenster und die Abdrücke ... das hatte ich schon vorher begriffen. Ich hab das nur gesagt, damit Sie sich für den Fall interessieren.«

»Wie kommen Sie darauf, daß er keinen politischen Hintergrund hat?«

»Es gibt keinen.«

»Aber wie kommen Sie darauf?«

Leonardi seufzte. »Wenn es ein politischer Fall wäre, dann hätte ich längst irgendwas gehört, wie in den anderen Fällen auch. Außerdem wollte die gesamte Familie Guerra nie etwas mit irgendwem zu tun haben, weder mit den Faschisten noch mit uns. Glauben Sie mir, Politik ist hier völlig ohne Belang. Meiner Meinung nach war es ein Raubüberfall, irgendwer ist in das Haus eingedrungen, um etwas zu stehlen.«

»Schon möglich.« De Luca machte einen neuen Anlauf, das Kaninchen zu essen, schob ein Stück Fleisch in den Mund und schloß die Augen. Er mußte sich regelrecht zwingen, es hinunterzuschlukken. »Und was sagt der Gerichtsmediziner?«

»Der Gerichtsmediziner?« Leonardi wirkte überrascht.

»Na, der Arzt, irgendein Arzt. Sie haben die Leichen doch wohl von einem Arzt untersuchen lassen, oder?«

»Nein. Die Guerras sind zu Tode geprügelt worden, das war sonnenklar.«

»In diesem Beruf ist niemals etwas sonnenklar. Wie lange hat dieser Kurs in Mailand gedauert?«

Leonardi senkte den Blick. »Drei Monate. Drei Monate, länger nicht.«

De Luca lächelte, verspürte aber sofort Unbehagen. Es war mit Sicherheit ratsamer, nicht weiter nachzuhaken, außerdem hatte er bemerkt, daß einer der beiden Männer ihn schon seit geraumer Zeit anstarrte. »Man nennt das Nekroskopie«, sagte er oberlehrerhaft. Leonardi nickte und bewegte die Lippen, um das Wort zu wiederholen. »Oder auch gerichtsmedizinisches Gutachten, ganz wie Sie wollen. Sind sie schon begraben worden?«

»Die Beerdigung ist morgen.«

»Um so besser. Suchen Sie sich einen Arzt und lassen Sie ihn die Leichen untersuchen. Todesursache, Todeszeitpunkt, besondere Merkmale, alles, was ihm auffällt. Das ist immer der allererste Schritt.«

»Der allererste Schritt«, wiederholte Leonardi. De Luca spießte ein zweites Stück Fleisch auf, aber die Übelkeit war jetzt größer als der Hunger, und so ließ er die Gabel wieder sinken. Leonardi fiel das gar nicht auf, er sah zwar De Luca die ganze Zeit über an, war aber mit seinen Gedanken woanders.

»Ich werde mich sofort darum kümmern«, sagte er. »Und Sie gehen lieber gleich ins Bett, denn ich will, daß Sie morgen früh bei Kräften sind. Damit wir uns richtig verstehen« – er hob eine Hand und zielte mit dem Finger auf ihn, mit einem Finger, der so gerade war wie eine Messerklinge und kein bißchen weniger bedrohlich – »da draußen sind Sie ein toter Mann. Ohne Papiere kommen Sie nicht mal über die Brücke, das garantiere ich Ihnen, nicht mal dann, wenn Sie im Paradies einen Schutzheiligen haben. Ihr Schutzheiliger an diesem Ort bin ich, Ingegnere, vergessen Sie das nicht.« Er hob die Hand, um die Tedeschina heranzuwinken, aber das Mädchen kehrte ihm demonstrativ den Rücken zu, also rief er die andere Frau herbei, eine kleine Frau mit einem Kopftuch und einer Schürze um die breiten Hüften.

»Der Herr wird einige Tage hier absteigen«, sagte er zu ihr. »Er ist auf der Durchreise und muß sich ausruhen. Ich verlasse mich auf euch, er ist mein Gast und ein guter Mensch und eine wichtige Persönlichkeit ...« Er stand auf, legte De Luca die Hand auf die Schulter und drückte leicht zu. »Sehr wichtig sogar. Ein Ingegnere.«

3

Mit einemmal wachte De Luca auf und schrak hoch.

Als er am Abend zuvor das Bett erblickt hatte, prall und weich und weiß, das erste richtige Bett seit einer Woche, hatte die Müdigkeit ihn plötzlich derartig übermannt, daß er sich sogleich hatte hineinfallen lassen, mit dem Gesicht ins schneeweiße Kissen. Er hatte es gerade noch geschafft, aus den Kleidern und unter die Decke zu schlüpfen, und dann hatte er tief und fest geschlafen, wie sonst auch, zusammengekauert wie ein Fötus, mit gelegentlichen Atemaussetzern und einem unaufhörlich arbeitenden Gehirn.

Das Sonnenlicht, das durch die halbgeöffneten Fensterläden ins Zimmer drang, schien auf seine geschlossenen Lider, und dieses blutrote, leuchtende Dunkel sorgte dafür, daß ihm auch jener letzte Rest Schlaf verging, der ihm noch in den Knochen saß. Mit einem tiefen Seufzer richtete er sich auf und ließ eine Zeitlang die Beine träge über die Bettkante hängen.

Nachdem er sich mit dem Wasser in einer Schüssel

das Gesicht gewaschen und mit dem Bettlaken abgetrocknet hatte, weil nichts anderes da war, ging er nach unten. Er hatte keine Ahnung, wie spät es sein mochte – die goldene Uhr hatte er einem Kerl in Mailand im Tausch für die Ausweise überlassen –, doch es mußte noch früh am Tag sein, denn im Haus regte sich nichts. Auch nicht in der Küche, die in einem grauen, stillen Halbdunkel lag. De Luca registrierte, daß er endlich einmal Hunger hatte, ohne daß ihm gleichzeitig übel war, und er sah sich auf der Suche nach etwas Eßbarem in der Küche um. Er versuchte, die Glastüren einer Anrichte zu öffnen, aber sie waren abgeschlossen, und die Schubladen darunter, die er hastig durchsuchte, waren leer. Und so fand die Tedeschina ihn vor, verstohlen und verlegen in der Hocke vor der Anrichte wie ein Dieb.

»Da ist nichts drin«, sagte sie. »Die Schlüssel hat Mama. Aber sie schläft noch.«

De Luca richtete sich auf und nickte. »Ich hatte Hunger«, sagte er dann, »besser gesagt, ich habe Hunger ...«

Die Tedeschina stellte den Eimer ab, den sie in der Hand trug, einen Blecheimer voll grüner, erdverkrusteter Erbsenschoten. »Wenn Sie wollen«, sagte sie unfreundlich, »mache ich Ihnen einen Kaffee.«

»O ja!« entfuhr es De Luca, fast wie ein Aufschrei, dann wiederholte er ein wenig leiser »ja« und schluckte. Die Tedeschina füllte die Espressokanne und zündete die Flamme auf dem Herd an.

»Sie sind aber früh auf den Beinen«, sagte sie. »Was

soll das für ein Ingegnere sein, der genauso früh aufsteht wie die Bauern?«

De Luca machte eine hilflose Geste. »Ich kann einfach nicht mehr gut schlafen«, sagte er, als müsse er sich entschuldigen. Die Tedeschina zuckte die Achseln, ging zum Fenster, öffnete es und beugte sich hinaus, um die Fensterläden zurückzuklappen. Die Sonne flutete jetzt ungehindert ins Zimmer, auch wenn es eine graue, kränkliche Sonne war, die Regen ankündigte. Das Mädchen holte sich einen Holzstuhl und stellte ihn mitten in das sonnige Rechteck, das sich auf dem Fußboden abzeichnete, dann holte sie eine Schüssel und setzte sich hin, die Schüssel auf dem Schoß, den Blecheimer neben dem Stuhl. Sie streifte die Holzpantinen ab und legte die Füße auf die mit Bast bespannte Sitzfläche eines zweiten Stuhls; dann öffnete sie mit einem schnellen Druck des Daumens eine Schote, und die kleinen harten Erbsen flogen in die Schüssel wie Gewehrkugeln. De Luca rührte sich nicht vom Fleck und sah sie an. Er sah auf ihre Beine zwischen den beiden Stühlen, die glatt und jung aus der bis zu den Oberschenkeln hochgekrempelten Uniformhose hervorschauten, und er fühlte sich plötzlich elend, als würde ihn etwas quälen, etwas, das weich und feucht war, irgendwo in der Gegend zwischen Magen und Herz. Die Tedeschina bemerkte das und warf ihm einen ihrer bösen Blicke zu, von unten nach oben, blitzschnell, wie ein Messerstich.

»Was machen Sie da, Ingegnere«, sagte sie, »gukken Sie meine Beine an?« Und sie kratzte mit ihren kurzen Fingernägeln arglos an einer frisch verschorften Wunde am Knie.

De Luca, der vor Verlegenheit rot anlief, öffnete den Mund, hob die Hände und sagte: »Ich ...« – aber die Espressokanne begann zu zischen, und Dampf entwich aus der Tülle. Die Tedeschina stand auf und drückte ihm die Schüssel mit den Erbsen in die Hand. Sie nahm die Espressokanne und goß den Kaffee in eine Tasse, goß sie randvoll, dann nahm sie ihm die Schüssel wieder ab und kehrte auf ihren Platz zurück, während De Luca die Tasse in den Händen drehte, um sich nicht die Finger zu verbrennen. Er konnte sich nicht zurückhalten, mußte sofort einen Schluck trinken, denn der bittere Geruch des frischen Espresso war stärker als alles andere, stärker als die Beine der Tedeschina, stärker als die brühheiße Flüssigkeit, die ihm die Zunge verbrannte. Nur der Schmerz im Mund ließ ihn die Tasse wieder absetzen, er hatte Tränen in den Augen.

»O Gott ...«, murmelte er, »wie lange habe ich keinen richtigen Espresso mehr getrunken ...«

»Bei uns hat es immer Kaffee gegeben«, sagte die Tedeschina und rutschte auf dem Stuhl ein Stück nach vorn, »uns hat es nie an etwas gefehlt, nicht mal im Winter, als die Front am Fluß zum Stehen kam.«

De Luca blies in den Kaffee und warf über den Rand der Tasse einen Blick auf ihre kurzen Haare, die ungleichmäßig abgeschnittenen Strähnen. Es war ein harmloser Blick, aber sie bemerkte ihn und wurde knallrot.

»Ich war nicht deshalb mit dem Deutschen zusammen«, zischte sie und nestelte mit dem Daumen an der Bluse, um sie zuzuknöpfen. »Ich mach, was ich will, und ich laß mich von keinem herumkommandieren. Auch nicht von Carnera.« Sie stieß den Namen zwischen den Zähnen hervor, und das laute, hart R klang wie ein Knurren. De Luca wollte sie gerade etwas fragen, aber in dem Moment ging die Tür auf, und Leonardi tauchte auf der Schwelle auf, der Schattenriß einer massigen Gestalt im Gegenlicht.

»Guten Morgen, Ingegnere. Gehen wir? Wir haben noch etwas zu erledigen.«

»Sie hatten recht, wissen Sie?« Leonardi redete schnell, hellauf begeistert, während der Jeep über die Schlaglöcher der Straße hüpfte, die am Fluß entlangführte. Von Zeit zu Zeit warf er einen kurzen Blick auf De Luca, der den Griff am Armaturenbrett umklammerte. »Da sehen Sie, wie wichtig die Erfahrung ist! Mein Gott, ich muß noch soviel lernen ... Gestern abend habe ich gleich den Arzt aufgesucht. Wir sind zusammen zu der Hütte gefahren, wo ich die Guerras hingebracht hatte, und ich habe sie gründlich untersuchen lassen. Bei den drei anderen hatte ich recht, ein kräftiger Schlag und dann Amen, aber nicht so bei Delmo, da hatten Sie recht, da war noch etwas anderes.«

Er sah wieder De Luca an, mit einem eindringlichen Lächeln, das eine Frage erwartete. In dieser Position verharrte er so lange, bis De Luca sich beeilte, ihm diese Frage endlich zu stellen, denn sie waren kurz davor, von der Straße abzukommen.

»Und was war das?«

»Sie haben den armen Delmo nicht einfach nur erschlagen und damit basta. Sie haben ihn auch gefoltert.«

»Gefoltert?«

»Genau, der Schlag hat ihn nur bewußtlos gemacht, er ist erst später gestorben, weil sein Herz bei der Folter versagt hat. Der Arzt hat gesagt, die Wunden sind eindeutig, da gibt es keinen Zweifel. Solche Wunden hatte auch ich schon mal gesehen, als einer von uns tot aus Bologna zurückkam, nach einem Verhör von den Schwarzen Brigaden, der Brigata Nera.«

»Eigenartig«, sagte De Luca, aber das Dröhnen des Motors übertönte seine Stimme.

»Sie werden sich fragen, wieso ich das nicht gleich bemerkt habe«, sagte Leonardi, und diesmal wartete er nicht, bis De Luca nachfragte. »Diese Wunden waren anders als die anderen Wunden, was weiß ich, als die an den Händen oder an den Füßen ... Diese Wunden befanden sich unter dem Hemd, auf den Bauchmuskeln. Es war ein Messer, sagt der Arzt, und daß er teuflische Schmerzen gehabt haben muß ... Morgen bekomme ich das ausführliche Gutachten. Was meinen Sie, hat das eine Bedeutung?«

»Schon möglich«, sagte De Luca, »kommt drauf an. So gesehen könnte man glauben, daß es einer gewesen ist, der auf der Durchreise war, vielleicht einer von der Brigata Nera, der Geld oder etwas zu essen wollte. Aber das glaube ich nicht.«

»Warum nicht?«

»Gerade weil Delmo gefoltert wurde. Weshalb wird jemand gefoltert?«

Leonardi warf De Luca ein höhnisches Lächeln zu, und De Luca wußte sofort, was der andere gleich sagen würde.

»Wenn Sie das nicht wissen, Ingegnere, weshalb jemand gefoltert wird ...«

De Luca krampfte die Fäuste um den Haltegriff, bis die Knöchel weiß hervortraten.

»Ich habe nie jemand gefoltert«, stieß er leise hervor. »Davon abgesehen, man foltert jemanden, um etwas aus ihm herauszubekommen. Das Haus der Familie Guerra ist sehr ärmlich, das sieht jeder auf den ersten Blick, da ist nichts, was einen auf die Idee kommen läßt, daß da irgendwo Geld oder eine Menge Vorräte versteckt sind ... Meiner Meinung nach hat die Tat niemand begangen, der auf der Durchreise war, sondern jemand, der ganz genau wußte, was er aus den Guerras herauskriegen wollte.«

»Also Leute von hier ... sehr gut. Dann werden wir sie mit Sicherheit schnappen.«

De Luca schüttelte lächelnd den Kopf. »Mit Sicherheit schnappen ... und wenn es uns gar nicht gelingt, den Fall zu lösen? Einen gewissen Prozentsatz an Mißerfolgen habe auch ich aufzuweisen ... er mag klein sein, kleiner als bei anderen Kommissaren, aber es gibt ihn.«

Leonardi nickte unbeirrt. »Wir werden den Fall aber lösen, Ingegnere, wir werden ihn lösen. Und das wird mir eine glänzende Zukunft bei der Polizei ermöglichen, während es Ihnen überhaupt eine Zukunft ermöglicht. Was meinen Sie, Ingegnere, lösen wir den Fall?«

De Luca runzelte finster die Stirn. »Wir lösen ihn«, sagte er, »wir haben gar keine andere Wahl.«

Mit einemmal bremste der Jeep so abrupt, daß De Luca nach vorn geschleudert wurde und einen stechenden Schmerz in den Handgelenken verspürte. Leonardi beugte sich zur Seite und starrte konzentriert auf die Straße, die neben dem aufgeschütteten Deich hinter einer Kurve verschwand. Vom Beifahrersitz aus konnte De Luca nichts Auffälliges erkennen.

»Was ist los?« fragte er, aber Leonardi hob die Hand. Er wirkte besorgt.

»Sie bleiben hier«, sagte er und sprang aus dem Auto. »Sie rühren sich nicht vom Fleck und sagen kein einziges Wort.«

De Luca nickte und drückte sich mit verschränkten Armen in das Sitzpolster, während Leonardi hinter der Kurve verschwand. Er hörte ihn mit ein paar Männern reden, und wenige Minuten später sah er ihn wieder auftauchen. Leonardi schwang sich in den Jeep und ließ den Motor an.

»Sie tun gar nichts«, flüsterte er ihm zu. »Sie rühren sich nicht und sind mucksmäuschenstill. Sehen Sie einfach geradeaus, immer nur geradeaus, sonst nichts.« Sein Tonfall war so schneidend, daß De Luca es mit der Angst bekam, und während das Auto anfuhr, hielt er den Blick starr geradeaus gerichtet wie eine Schaufensterpuppe, das Kinn ein wenig erhoben, den Hals ganz steif. Aber er konnte nicht umhin, aus den Augenwinkeln die drei Männer zu beobachten, die reglos am Straßenrand standen, und folgte ihnen im vibrierenden Rückspiegel mit dem Blick – zwei der Männer hatten ein Gewehr, und der dritte, ein großer Kerl mit einem schmalen Gesicht und einer Hakennase, starrte ihm seinerseits im Rückspiegel nach. De Luca wandte sofort den Blick ab.

»Wer war das?« fragte er mit aufflackernder Angst. »Der Große, der mir die ganze Zeit hinterherstarrt?«

»Vergessen Sie, daß Sie die Männer überhaupt gesehen haben, Ingegnere«, sagte Leonardi ernst. »Der Große war Carnera.«

4

»Also, wo fangen wir an?«

Leonardi wartete in der Mitte des Zimmers und rieb sich aufgeregt die Hände. De Luca war in der Nähe der Tür stehengeblieben, ein wenig nach vorne gebeugt, die Hände in den Taschen seines Regenmantels vergraben.

»Man müßte nach Indizien suchen, nach Abdrükken ... Spuren. Nach allem, was sichtbar ist.«

»Gut, suchen wir also nach Indizien.«

De Luca zuckte die Schultern. »Völlig zwecklos«, sagte er. »Ihr habt sowieso alles angefaßt und woanders hingestellt. Von diesem Schuhabdruck im Blut könnte man beispielsweise darauf schließen, daß einer der Mörder amerikanische Militärstiefel angehabt hat, sagen wir mal Größe zweiundvierzig.«

Leonardi biß sich auf die Lippen und scharrte unbewußt mit seinem Stiefel über den Fußboden.

»Stimmt«, sagte er zerknirscht. »Den Abdruck muß ich hinterlassen haben, als wir die Guerras rausgetragen haben. Heilige Jungfrau Maria, ich muß noch so viel lernen ...«

De Luca sah sich um. In dieser Bauernkate gab es nichts, das es wert wäre, gestohlen zu werden, und trotzdem ... vier Tote. Vier Tote, um irgend etwas zu finden ... aber was? In einer Ecke des Fußbodens entdeckte er zwei lockere Bretter, und weiter vorn waren einige zersplittert. Leonardi sah ihn erwartungsvoll an, den Mund halb geöffnet.

»Wir brauchen einen Pflock oder eine Eisenstange«, sagte De Luca. »Und ein Messer.«

»Eine Stange?«

»Um die Dielen im Fußboden hochzuhebeln und die Wände abzuklopfen. Und das Messer brauchen wir für die Matratzen. Wir fangen in diesem Raum mit der Suche an.«

»Genau.« Leonardi rannte hinaus und kehrte mit den Werkzeugen zurück. De Luca nahm den Pflock, und gemeinsam fingen sie an, damit auf den Fußboden zu hämmern und die Bretter, die sich bewegten, hochzuhebeln. Dann nahm De Luca Leonardi die Eisenstange aus der Hand und begann, aufmerksam die Wände abzuklopfen, wobei schmutziger Putz herunterbröckelte, der sich von den Ziegeln gelöst hatte. Es dauerte sehr lange, bis sie das ganze Zimmer abgeklopft hatten, und nach einer Weile griff Leonardi nach dem Messer, doch dann kamen ihm Zweifel, und er hielt inne.

»Woher wissen wir denn überhaupt, daß es immer noch etwas zu finden gibt?« fragte er.

De Luca seufzte. »Das wissen wir nicht. Aber wir hoffen, daß Delmo Guerra gestorben ist, bevor sie ihn zum Sprechen bringen konnten, und daß diejenigen, die mit der Suche begonnen haben, dabei unterbrochen wurden ... oder die Suche irgendwann aufgegeben haben.«

»Genau«, sagte Leonardi erneut. Er verschwand im anderen Zimmer, und gleich darauf hörte De Luca das trockene Reißen von aufgeschlitztem Stoff. Er hörte auf, die Wand abzuklopfen, drehte den Stuhl, auf dem der Alte gesessen hatte, zum Kamin hin und setzte sich. Er stützte die Ellbogen auf die Knie und legte das Kinn in die Hände. Leonardi kam aus dem anderen Zimmer zurück, das Messer in der Hand wie ein Mörder.

»Nichts«, sagte er. »Überhaupt nichts.«

»Lassen wir es gut sein«, sagte De Luca. »So, zu zweit, ist das sowieso unmöglich ... Es könnte genausogut irgendwo draußen versteckt sein oder in der Hundehütte ...« De Luca schloß die Augen und zuckte die Achseln.

»Legen Sie sich ein bißchen mehr ins Zeug, Ingegnere, denken Sie an unsere Abmachung ... Vielleicht ist es doch hier im Haus, wer weiß, zum Beispiel im Suppentopf ...«

De Luca lächelte, immer noch mit geschlossenen Augen.

»... tatsächlich, da ist es!«

De Luca öffnete die Augen und sah hoch. Leonardi kniete vor dem Kamin und zog gerade den Arm aus einem rußgeschwärzten Topf, der unter dem Rauchfang hing. Er hielt irgendeinen Gegenstand in den trichterförmig aneinandergelegten Händen, ganz vorsichtig, wie ein aus dem Nest gefallenes Vögelchen, und ging damit zum Tisch. De Luca zögerte einen Augenblick, doch dann stemmte er die Hände auf die Knie und stand auf. Mit zwei Schritten war er beim Tisch und schob Leonardi fast schroff zur Seite.

»Laß sehen«, sagte er, und Leonardi überließ ihm das zugeknotete Stoffbündel, trat sogar einen Schritt zurück und blieb dort ehrfürchtig stehen, um zuzuschauen. De Luca hatte einige Mühe, den Knoten zu lösen, und als es ihm gelungen war, das Stoffbündel zu öffnen, stieß Leonardi einen Pfiff aus: Darin lag eine Brosche mit einem großen Stein und einem goldenen Verschluß, der ein wenig verbogen war.

»Das ist es, wonach wir gesucht haben«, sagte De Luca. »Dieser Delmo muß ein exzentrischer Millionär gewesen sein.«

Leonardi nahm die Brosche und hielt sie gegen das Licht. »Und woher hat er das Zeug?«

»Vielleicht vom Schwarzmarkt, oder er hat irgendwen versteckt, der in Schwierigkeiten war.«

»Delmo? Ich bitte Sie ... Delmo hat sich immer aus allem rausgehalten, das habe ich Ihnen doch schon gesagt. Und um diese Brosche auf dem Schwarzmarkt kaufen zu können, hätte er mit Austern und Kaviar handeln müssen.«

»Nun, um ein Familienerbstück handelt es sich mit Sicherheit auch nicht ... jedenfalls keins aus seiner Familie. Wenn Sie mich fragen, hat er die Brosche irgendwem gestohlen.«

Leonardi runzelte die Stirn. De Luca ließ sich erneut auf den Stuhl sinken, sprang aber gleich wieder auf, weil er sich vor Neugier kaum zügeln konnte.

»Jedenfalls ist Delmo wegen dieser Brosche gefoltert und ermordet worden. Jetzt müssen wir zuallererst herausfinden, woher diese Brosche stammt und wie er an sie herangekommen ist ... Gibt es in dieser Gegend reiche Familien?«

»Na ja ...«, Leonardi zögerte, leicht verwundert, »eine hätten wir da – die vom Grafen.«

»Gut«, sagte De Luca bestimmt. »Dann fahren wir jetzt zu dem Grafen und fragen ihn, ob die Brosche ihm gehört.«

»Der Graf ist nicht da ... Er ist weggefahren. Die Leute sagen, er ist nach Amerika geflohen, weil er Angst hatte ... Wissen Sie, er hat sich mit den Deutschen eingelassen. In seinem Haus lebt nur noch eine Hausangestellte.«

»Das ist egal, vielleicht ist es im Gegenteil sogar besser so. Fahren wir also gleich zu ihr.«

»Aber sie ist schon alt ... die Linina ist schon über siebzig ...«

De Luca sah ihn streng an, und Leonardi senkte den Blick. Er wog die Brosche in der Hand, biß sich auf die Lippen und zuckte dann die Schultern.

»Na gut«, sagte er. »Hören wir uns einmal an, was die Linina zu sagen hat.«

Sie verließen das Haus, und während Leonardi die Tür wieder absperrte, erregte etwas auf dem Hof in der Nähe der Hundekette De Lucas Aufmerksamkeit.

»Was ist das da?« fragte er. Er ging zu dem offenen Hundehalsband, das im Sand lag, und bückte sich. Leonardi folgte ihm neugierig. Neben der Kette waren dunkle Flecke zu erkennen, schwarz und dickflüssig, wie von Öl, und daneben eine Spur mit einem Reifenprofil.

»Ihr seid auch hier überall herumgestiefelt«, sagte De Luca, »aber das da habt ihr verschont. Was glauben Sie, was für eine Spur das ist?«

»Von einem Motorrad.«

»Sehr gut. Gehört es auch Ihnen?«

»Nein, ich nehme immer den Jeep. Aber ich weiß, wem es gehört. Das ist Pietrinos Guzzi, er ist derjenige, der ständig Öl verliert.«

»Pietrino?«

»Pietrino Zauli. Er wohnt nicht weit von hier und hat Guerra gut gekannt.«

»Schön, damit haben wir einen weiteren Anhaltspunkt. Dieser Pietrino ist also vor nicht allzu langer Zeit hier gewesen, und vielleicht kann er uns etwas darüber erzählen.«

De Luca richtete sich auf, und vor Anstrengung wurde ihm ganz schwindelig vor Augen. Leonardi runzelte die Stirn, seine Miene hatte sich verfinstert.

»Sie glauben, Pietrino hat möglicherweise ...«, begann er.

»Ich glaube gar nichts«, sagte De Luca, »so weit

sind wir noch lange nicht. Fahren wir zu dieser Linina, bevor es anfängt zu regnen.«

Der Regen erwischte sie auf halber Strecke in der Allee, nachdem er sich bereits durch einen raschen Lichtwechsel und den plötzlich eindringlichen Geruch nach feuchtem Eisen in der Luft angekündigt hatte. Sie mußten jetzt laufen, denn der Schauer war stark und die Regentropfen dick und schwer, doch als auf einmal am Ende der Allee das Herrenhaus zwischen den Bäumen auftauchte, blieben sie beide einen Augenblick lang stehen, bevor sie unter dem Balkon über dem Eingangsportal Schutz suchten.

»Mein Gott«, sagte Leonardi, »ich bin pitschnaß! Aber für die Felder war ein bißchen Regen dringend nötig.«

De Luca sah ihn finster an, ohne ein Wort zu sagen. Fröstelnd zog er den Regenmantel enger um den Hals, denn das Wasser, das aus seinen Haaren tropfte, lief ihm schon den Rücken hinunter, ein unangenehmes Gefühl, das ihn ganz hysterisch machte.

»Gehen wir rein«, rief er, um das in Sekundenschnelle stärker gewordene Rauschen des Wolkenbruchs zu übertönen, und tat einen Schritt auf das Portal zu, aber Leonardi legte ihm eine Hand auf den Arm, um ihn zurückzuhalten.

»Das ist ein sonderbares Haus, Ingegnere«, sagte er. »Das ist ein Haus, in dem es spukt.«

»In dem es spukt?«

»Ja, oder wie sagen Sie dazu? Da gibt es Gespenster.«

De Luca lief ein Schauer über den Rücken, vor allem wegen der Art und Weise, wie Leonardi das Wort ausgesprochen hatte, *Gespenster,* ganz und gar ernst und besorgt.

»Unsinn«, sagte er achselzuckend und drückte energisch gegen die Tür, die sofort aufging. Aufgrund eines seltsamen Klangeffekts war der Regen hier drinnen fast nicht mehr zu hören, obwohl er ganz dicht hinter ihnen unverändert niederprasselte. De Luca lief erneut ein Schauer über den Rücken.

»Ist jemand da?« fragte er, und dann noch einmal lauter: »Ist jemand da?«, ohne eine Antwort zu erhalten. Er trat in einen langen leeren Flur und öffnete die Tür, doch sie führte zu einem ebenfalls leeren Zimmer ohne Möbel mit einer hohen Decke, und als er ein drittes Mal rief: »Ist jemand da?«, hallte seine Stimme so laut, daß er vor Schreck den Kopf einzog.

»He, Ingegnere, Moment mal«, sagte Leonardi und hielt ihn am Regenmantel fest. »Was machen wir jetzt, gehen wir einfach so rein, ganz alleine?«

De Luca befreite sich mit einem Ruck. »Die Kriminalpolizei, Leonardi«, sagte er von oben herab, »die Kriminalpolizei kann überall rein.«

Ihre Schritte hallten in der kalten Stille, als sie das Zimmer durchquerten und zu einer Treppe kamen, die ins nächste Stockwerk führte. De Luca zögerte kurz, als er die Hand auf das hölzerne Treppengeländer legte, denn er erinnerte sich an einen Traum, den er als Kind immer geträumt hatte, da war eine Treppe, genau wie diese, und er stieg sie hinauf, immer weiter hinauf, und auf der letzten Stufe stand eine buckelige Alte, die er vorher noch nie gesehen hatte, und erwartete ihn lächelnd …

»Unsinn«, sagte De Luca erneut, und als Leonardi fragte: »Was haben Sie gerade gesagt, Ingegnere?«, stieg er schon mit festem Schritt die Treppe hinauf. Oben kamen sie zu einer weiteren verschlossenen Tür. De Luca öffnete sie und erwartete, wieder ein leeres Zimmer vorzufinden, doch dann blieb er auf der Schwelle stehen: Vor ihm lag ein kleines Zimmer, vollgestopft mit Möbeln, so voll, daß es zunächst schien, als könne man es nicht einmal betreten. Erst als etwas sich bewegte, zwischen einem Stuhl und einem Sessel, bemerkte De Luca, daß in dem Zimmer jemand war: eine buckelige Alte, ganz in Schwarz gekleidet, genau wie in seinem Traum.

»Seid ihr auch wegen der Möbel hier?« fragte sie. De Luca blieb mit offenem Mund stehen, wie versteinert, ohne antworten zu können. Leonardi zwängte sich zwischen ihm und der Tür hindurch und betrat das Zimmer.

»Oh«, sagte die Alte, »bist du nicht Mariettos Sohn?«

»Das ist die Linina, Ingegnere«, sagte Leonardi, »das Hausmädchen des Grafen. Reden Sie lauter, sie ist etwas schwerhörig.«

Die alte Frau ging auf De Luca zu und sah ihn von unten an. »Ist das nicht Gigettos Sohn?« fragte sie

Leonardi. Dann schlurfte sie erstaunlich schnell durchs Zimmer und nahm ein Stickdeckchen von einem Stuhl. »Nehmt das hier«, sagte sie. »Das ist noch gut erhalten … nehmt alles, was ihr brauchen könnt, das staubt hier sowieso nur ein. Ich bin alt, und seit sie den jungen Herrn weggebracht haben …«

»Der Graf ist abgereist, Linina«, unterbrach Leonardi sie, »er ist nach Amerika gefahren.«

Die Frau zuckte die Achseln unter ihrem breiten schwarzen Schal und wandte sich dann an De Luca. »Wie geht es denn Gigetto?«

De Luca gab sich einen Ruck. »Gut«, sagte er kurz angebunden. Er gab Leonardi ein Zeichen, der daraufhin die Hand mit der Brosche aus der Jackentasche zog.

»Wir wollten dir etwas zeigen, Linina«, sagte er und öffnete die Hand. »Sag mir doch, ob du sie wiedererkennst. Gehörte sie dem Grafen?«

Die Frau kniff die Augen zusammen und beugte sich über die Hand, dann lächelte sie.

»Da ist sie ja endlich wieder, wie schön!« sagte sie, und bevor Leonardi die Finger wieder schließen konnte, nahm sie ihm schnell die Brosche weg und legte sie in eine Schachtel. De Luca nickte.

»Sie gehörte dem Grafen«, sagte sie. Leonardi öffnete die Schachtel, nahm die Brosche wieder an sich und schob die Hände der Frau sanft zurück.

»Die behalten wir, Linina, das ist besser so. Gut, das hätten wir also … Dann können wir ja gehen.« Er drehte sich um und wollte hinausgehen, aber De Luca wich nicht von der Tür.

»Einen Augenblick«, sagte er. »Ich würde die Dame gerne noch etwas fragen ... Können Sie sich daran erinnern, wann die Brosche abhanden gekommen ist? Wann haben Sie bemerkt, daß ...«

»Als auch der Ring verschwunden ist.«

»Der Ring?«

»Der blaue Ring, der zur Brosche gehört. Sie gehören zusammen ... Hast du den etwa mitgenommen?«

»Und der Ring, wann ist der Ring verschwunden?«

De Luca erwartete, sie würde nun sagen: »Als die Brosche verschwunden ist«, aber statt dessen runzelte die Frau die Stirn, als würde sie nachdenken, und zuckte dann die Achseln.

»Als der junge Herr verschwunden ist«, sagte sie. »Als er nach Amerika verschwunden ist.«

De Luca nickte und warf Leonardi rasch einen Blick zu.

»Und als der Graf verreist ist ... Was ist da passiert? Ist da jemand gekommen? War das tagsüber oder abends?«

»Das war abends, denn ich hatte den Hunden schon ihr Futter hingestellt ... Der junge Herr war mit Sissi in seinem Zimmer, der hat immer so viel gefuttert ... Dann sind die anderen gekommen und haben gesagt, ich soll in der Küche bleiben. Und als ich später wieder herauskam, war der junge Herr nicht mehr da und Sissi auch nicht.«

De Luca nickte. »Es scheint zur Manie zu werden, die Hunde umzubringen«, sagte er.

»Der Graf ist abgereist«, sagte Leonardi. »Er ist nach Amerika gefahren.«

De Luca nickte erneut. »Schon gut, schon gut«, sagte er. »Noch etwas ... diese anderen Männer, erinnern Sie sich noch daran, wer dabei war?«

»Ach ...«, die Alte winkte ab und verzog die dünnen Lippen, »ich bin eine alte Frau und mein Gedächtnis ist nicht mehr das beste ... ich erinnere mich nur noch an den Sohn von dem, der neben dem Schuster wohnt ...«, sie sah nun Leonardi an, »Baroncini, dieser Kleine ... außerdem weißt du das ganz genau, du warst doch selbst mit dabei.«

»Ich?« fragte Leonardi und warf einen kurzen Seitenblick auf De Luca, der ihn aufmerksam ansah. »Ich? Da irrst du dich, ich ...«

In dem Augenblick ging plötzlich das Licht an, und sie schraken zusammen. De Luca blickte instinktiv nach oben.

»Der junge Herr sitzt nicht gern im Dunkeln«, sagte die Alte.

»Unsinn«, sagte De Luca, »das ist das Gewitter.«

»Gehen wir«, sagte Leonardi. »Bitte, lassen Sie uns gehen.«

»Es ist nicht so, wie Sie denken, Ingegnere.«

»Ich denke gar nichts.«

Es hatte aufgehört zu regnen, und aus der nassen Erde stieg jetzt eine feuchtklebrige Wärme auf, die fast noch unangenehmer war als das Gewitter. De Luca hatte den Regenmantel ausgezogen und mußte aufpassen, daß er auf dem schlammigen Weg nicht den Halt verlor. Leonardi legte ein schnelles Tempo vor und stapfte mit seinen Militärstiefeln unbekümmert durch den Morast, während De Luca mit seinen Halbschuhen, deren Sohlen beinahe ganz durchgelaufen waren, bei jedem Schritt achtgeben mußte, um nicht auszurutschen.

»Die alte Lina ist ein bißchen, wie soll ich sagen ...« – Leonardi wedelte mit der Hand vor dem Gesicht – »ein bißchen weggetreten ist sie ...«

»Mir kam sie ganz klarsichtig vor.«

Leonardi blieb stehen und packte De Luca am Arm, so daß der sich umdrehen und bei ihm festhalten mußte, um nicht hinzufallen.

»Hören Sie, Ingegnere«, sagte er schroff, »ich habe keine Ahnung von dieser Geschichte ... ich war damals nicht der Comandante, ich war nur ein Polizist ... Aber weshalb soll ich mich ausgerechnet vor Ihnen rechtfertigen? Was wollen Sie eigentlich von mir?«

»Ich? Gar nichts, um Himmels willen ... Sie sind es doch, der den Fall lösen will, scheint mir.«

»Genau, den Fall Guerra ... aber nicht die Sache mit dem Grafen.«

»Guerra wurde wegen einer Brosche umgebracht. Und die Brosche gehörte dem Grafen. Also gibt es eine Verbindung zwischen den beiden Fällen.«

»Mist.« Leonardi machte einen Schritt, als wollte

er weitergehen, blieb aber gleich wieder stehen. Er lehnte sich mit dem Rücken an einen Baum und vergrub die Hände in den Taschen seiner Lederjacke.

»Das ist eine merkwürdige Geschichte«, sagte er nachdenklich und sah zu Boden. »Wissen Sie, Ingegnere, solche Geschichten hat es hier nach dem Krieg massenhaft gegeben ... einige Leute hatten es wirklich verdient, das mußte erledigt werden ... Aber ich hab Ihnen ja schon gesagt, die Meinung von einem wie Ihnen interessiert mich sowieso nicht.«

De Luca seufzte und verdrehte die Augen.

»Aber das hier ...«, fuhr Leonardi fort, »das hier mit dem Grafen ist etwas anderes ... Damit Sie mich nicht falsch verstehen, der Graf hatte es wirklich verdient, er war ein Schweinehund. Er hat für die Deutschen spioniert, in einer Bauernhütte hatte die Resistenza ein Waffendepot, und sie haben die ganze Familie erschossen, sieben Leute, Frauen und Kinder inbegriffen. Außerdem war er auch noch pervers, die SS ging bei ihm ein und aus, mit dem einen oder anderen ist er offenbar sogar im Bett gelandet ... Ein Wunder, daß sie ihn nicht schon eher erledigt haben.« Leonardi fuhr sich mit der Zunge über die Lippen und schüttelte den Kopf. »Aber das ist es nicht einmal ... das Merkwürdige daran ist, daß man von den anderen Fällen immer irgend etwas mitbekommen hat, doch diesmal war es anders, die Sache wurde nicht mehr erwähnt, nie mehr ... auch nicht unter uns.«

»Und das ist merkwürdig?«

»Ja, das ist es ... Ich war an dem Abend mit dabei,

aber ich weiß nur, was ich mit eigenen Augen gesehen habe, und das ist herzlich wenig. Es war im Mai, am siebten Mai, glaube ich, abends so gegen neun, als ich zum Anwesen des Grafen ausfuhr, um ihn unter Hausarrest zu stellen ...«

»Unter Hausarrest?«

»Ja, um ihm zu sagen, daß er das Haus bis zum nächsten Morgen nicht verlassen darf ... Das macht man so bei verdächtigen Personen. Wie auch immer, auf dem Rückweg habe ich Pietrino gesehen, auf dem Motorrad, auf dem Weg zum Herrenhaus. Und hinter ihm, auf dem Rücksitz, saß Sangiorgi, der war damals mein Comandante.«

»Und dann?«

»Dann gar nichts. Ich bin zurück ins Dorf, und am nächsten Morgen habe ich erfahren, daß der Graf nicht mehr da ist. Abgereist, nach Amerika. Warum sehen Sie mich so komisch an?«

»Ich sehe Sie gar nicht komisch an. Ich warte.«

»Und worauf warten Sie?«

»Auf Ihre Entscheidung.«

Leonardi löste sich vom Baum und nahm die Hände aus den Taschen. »Können wir diese Geschichte nicht einfach auf sich beruhen lassen?« fragte er. De Luca schnitt eine Grimasse.

»Vielleicht ... schon möglich ... Aber die Guerras sind wegen einer Brosche umgebracht worden ...«

»... und die Brosche gehörte dem Grafen, ich weiß, ich weiß ... Mein Gott, Ingegnere, weshalb haben wir uns nur so einen Beruf ausgesucht? Können Sie mir das vielleicht mal sagen?«

De Luca lächelte. »Weil wir neugierig sind«, sagte er. Leonardi zog erstaunt eine Augenbraue hoch, dann zuckte er die Achseln.

»Na ja …«, murmelte er, »eigentlich können zwei, drei Worte mit Sangiorgi nicht schaden … Nur so, in aller Freundschaft …«

5

Sangiorgi war klein und drahtig. Obwohl er noch jung wirkte, hatte er schon ganz weiße Haare. Er war gerade dabei, gelöschten Kalk in eine Schubkarre zu schaufeln, und schlug dabei jedesmal mit der Schaufel gegen den Rand, damit der Staub sich vom Eisen löste. Leonardi mußte zweimal rufen, denn der Brennofen und das Scheppern waren so laut, daß man ihn kaum hörte.

»Hallo, Guido ...«, sagte Sangiorgi. Er rammte die Schaufel in die volle Schubkarre und löste das Tuch, das er um den Hals trug, um sich damit den Schweiß abzuwischen. Dann zeigte er auf einen Stuhl, der bei einem Schuppen stand. An der Lehne hing eine Basttasche, aus der der Hals einer Weinflache heraus schaute.

»Es macht sowieso keinen Unterschied«, sagte er, »auch wenn ich eine Pause mache. Ich hab keine Säcke, in die ich das Zeug füllen kann, ich hab den Kalk, aber ich hab keine Säcke, also kann ich zur Zeit immer nur eine Schubkarre vollschaufeln. So kann man doch nicht arbeiten!«

Er zog die Flasche hervor, goß einen kleinen Schluck Weißwein in ein Glas, schwenkte es mit einer schnellen Handbewegung ein paarmal im Kreis, um es auszuspülen, goß die Flüssigkeit dann auf den Boden und füllte das Glas erneut, diesmal bis zur Hälfte. Er hielt es Leonardi hin, der auf De Luca zeigte.

»Zuerst der Ingegnere«, sagte er.

»Oh, tut mir leid ... Ingegnere, stimmt's? Haben Sie meinen Brennofen gesehen? Wie finden Sie ihn?«

»Schön«, sagte De Luca und führte sofort das Glas zum Mund, weil er nichts anderes zu sagen wußte.

»Der Ofen gehört zu den wenigen Dingen, die den Krieg überstanden haben, denn sonst fehlt es hier an allem, das halbe Dorf hat bei den Bombardierungen dran glauben müssen, und den Rest haben die Deutschen mitgenommen. Und was dann noch übrig war, an sich schon ein kleines Wunder, das bißchen, das haben die Polen sich geschnappt, das muß auch mal gesagt werden ... Zum Beispiel die Jutesäcke, soll sie doch der Schlag treffen ... geben Sie mir auch mal einen Schluck, Ingegnere, sonst werd ich gleich fuchsteufelswild, und mein Blutdruck steigt.«

Er goß das Glas wieder voll, während De Luca sich eine Hand auf den Magen preßte, denn er verspürte plötzlich einen stechenden Schmerz und mußte die Zähne zusammenbeißen. Leonardi bemerkte das gar nicht. Er wartete darauf, daß Sangiorgi ausgetrunken hatte, und übernahm dann von ihm das Glas.

»Ich wollte dich übrigens was fragen«, sagte er

ganz nebenbei, als wäre es überhaupt nicht wichtig. »Über den Grafen.«

Sangiorgi unterbrach sich beim Weineinschenken und richtete die Flasche auf.

»Schuft von einem Grafen«, sagte er mit ernster Miene.

Leonardi nickte.

»Ja, klar, ein Schwein und ein Faschist ... aber ich wollte dich trotzdem mal was fragen. Wie ist das damals an dem Abend eigentlich gelaufen? Was ist da passiert?«

Sangiorgi warf De Luca einen kurzen Blick zu, dann fixierte er Leonardi, der arglos lächelte.

»Was ist? Schenkst du mir etwa nichts ein?«

»Ich weiß nicht ... ich weiß noch nicht, ob ich dir etwas zu trinken geb. Was ist los, Guido, willst du mich reinlegen?«

Leonardi schüttelte den Kopf. Er griff nach der Flasche und füllte das Glas.

»Du kennst mich doch«, sagte er. »Wir waren zusammen eine Woche lang in diesem Versteck, weißt du noch, völlig abgeschnitten, um uns herum nur die Deutschen ... Und wer hat dich getragen, als du dir das Bein gebrochen hast?«

Sangiorgi seufzte, es war ein kurzer Seufzer, der ihm über die Lippen kam wie eine Klage.

»Ja ... ich weiß ... aber der da? Dich kenn ich, aber den da kenn ich nicht ...«

Leonardi legte De Luca eine Hand auf die Schulter und schüttelte ihn. De Luca, der nicht darauf gefaßt war, taumelte und machte einen Schritt zur Seite, um nicht hinzufallen.

»Dafür kenne ich ihn, den Ingegnere … Du kannst mir vertrauen, Sangio, ich bürge für ihn. Was du sagst, bleibt unter uns.«

»Heilige Mutter Gottes, Guido«, raunte Sangiorgi, »was für Geschichten du da nur wieder ausgräbst …« Er setzte sich auf den Stuhl, die Flasche in der einen Hand, das Glas in der anderen. »Und außerdem … weiß ich ja auch gar nichts über diese Sache. Nur, daß es nicht so war wie sonst. Am Anfang schon, wir sind mit dem Motorrad hingefahren und mit einem Auto, einem Topolino, um diesen Schuft von Spion einladen zu können, aber dann … dann ist irgendwas passiert.«

»Wer war alles mit dabei?« fragte De Luca, und Leonardi warf ihm einen mahnenden Blick zu, aber Sangiorgi redete schon weiter und schüttelte immer wieder den Kopf.

»Die üblichen … Pietrino und ich auf dem Motorrad. Und natürlich Carnera.«

De Luca hatte schon den Mund aufgemacht, um etwas zu sagen, aber Leonardi drückte seinen Arm, so kräftig, daß es fast weh tat.

»Pietrino hat die Linina unten in der Küche eingesperrt«, fuhr Sangiorgi fort, »und ich bin los, um mich um die Hunde zu kümmern, denn Carnera konnte den Grafen ohne Probleme alleine runtertragen, er ging also rauf … Und plötzlich kommt Carnera wieder runter und sagt, wir sollen abhauen.

Wieso denn, sag ich, wir müssen doch auf den Lastwagen warten, um das Zeug einzuladen, das im Dorf gebraucht wird – und er: Nein, das mit dem Lastwagen könnt ihr morgen machen, schnapp dir Pietrino, steig aufs Motorrad und zieh Leine … Du weißt ja, wie Carnera ist, wenn er was befiehlt, muß man gehorchen. Also sind wir abgehauen, und mehr weiß ich auch nicht.«

»Und du hast hinterher nie gefragt, was da passiert war?«

Sangiorgi hob den Kopf und warf Leonardi einen bösen Blick zu. »Wieso, hast du etwa gefragt? Außerdem hab ich es sogar versucht … Ich hab Pietrino gefragt, am nächsten Tag, und er hat gesagt, wenn man sich in bestimmte Sachen einmischt, hat man irgendwann ein Loch im Kopf. Da hab ich gesagt: Ciao und auf Wiedersehen und danke bestens und viele Grüße.« Er schenkte sich Wein ein, hob das Glas, wie um einen Trinkspruch auszubringen, und leerte es dann in einem Zug. De Luca winkte Leonardi zu sich heran.

»Was ist das für eine Geschichte mit dem Lastwagen?« flüsterte er. Sangiorgi hörte es jedoch und sprang wie von der Tarantel gestochen auf.

»Wieso?« fragte er. »Hat sich jemand beschwert? Wir haben das alles wie immer erledigt … Frag Piera, die hat alle Quittungen im Parteibüro gesammelt!«

Leonardi hob abwehrend die Hände und nickte. »Klar doch, klar doch, das bezweifelt ja auch niemand … Der Ingegnere kennt sich einfach mit gewissen Gepflogenheiten bei uns nicht aus. Sehen Sie, der Besitz der hingerichteten Faschisten wird unter den Familien aufgeteilt, die es nötig haben ... als eine Art Wiedergutmachung für den Krieg. Dafür ist ein spezielles Komitee zuständig, und Sangiorgi ist der Vorsitzende.«

»Dann wissen wir ja, wer die Brosche bekommen hat.«

Leonardi schnippte mit den Fingern. »Stimmt!« sagte er und drehte sich schwungvoll zu Sangiorgi um, hielt jedoch inne, als er dessen erstauntes Gesicht sah.

»Was für eine Brosche?« fragte Sangiorgi.

»Die Brosche des Grafen ...«

»Da war keine Brosche.«

De Luca sah Leonardi an, der bleich geworden war und Sangiorgi anstarrte.

»Da waren zwei Schränke, ein paar Gewehre, Geld und Bücher, die alle an die Bibliothek gegangen sind, aber keine einzige Brosche.«

»Sind Sie sicher?« fragte De Luca. Sangiorgi warf sich in die Brust und schob mit aggressiver Miene das Kinn vor. Fast schien es, als wäre er ein paar Zentimeter gewachsen.

»Natürlich bin ich mir sicher!« sagte er. Leonardi hielt den Arm vor De Luca, als wollte er die beiden auf Abstand halten.

»Schon gut, Sangio, schon gut ... alles in Ordnung. Wir haben uns einfach getäuscht. Gehen wir, Ingegnere ...« Er schob ihn weiter, aber De Luca sperrte sich.

»Moment mal«, sagte er. »Da fehlt doch noch einer, der, den das Hausmädchen gesehen hat ... Von dem hat er noch gar nichts gesagt.«

»Ach ja richtig, Baroncini ... Hör mal, Sangio, wo war eigentlich Baroncini?«

Sangiorgi zuckte die Achseln. »Woher soll ich das denn wissen? Bei uns war er jedenfalls nicht ... Carnera hat ihn nie in seinem GAP* haben wollen, und das war auch gut so, denn Baroncini war ein mieser Kerl ... Aber das klingt jetzt so, als ob ich neidisch bin, weil er sich zwei neue Lastwagen gekauft hat und ich immer noch hier rumstehe und Schubkarren vollschippe ...« Er drückte den Korken wieder in die Flasche und steckte sie zusammen mit dem Glas in die Tasche, dann gab er dem Mann, der reglos mit einem Eimer in der Hand neben der Schubkarre stand, ein Zeichen. Er machte zwei Schritte, dann blieb er stehen und drehte sich zu Leonardi um.

»Und tu mir einen Gefallen, Guido, einen großen Gefallen ... Laß dich hier nicht mehr blicken.«

Leonardi, der hinter dem Steuer saß, hatte die Lippen aufeinandergepreßt und die Augenbrauen finster zusammengezogen. Er starrte auf irgendeinen Punkt auf der Motorhaube des Jeeps. De Luca blickte hingegen nach oben und strich sich gedankenverloren über das Kinn, als lausche er dem Geräusch der Finger, die über die Bartstoppeln fuhren. Plötzlich riß

* Gruppo di Azione Patriottica

Leonardi einen Arm hoch und ließ die Faust aufs Lenkrad sausen. De Luca fuhr zusammen.

»Was ist los?« fragte er alarmiert.

»Nichts, gar nichts ... ich denke nur ein bißchen nach.« Leonardi beugte sich vor zum Armaturenbrett und griff zum Schlüssel, setzte sich dann jedoch unvermittelt wieder auf, ohne den Motor anzulassen. »So geht es nicht, Ingegnere, so geht es einfach nicht ... Diese Geschichte wird mir zu kompliziert. Dabei sah es am Anfang nach einem einfachen Raubüberfall aus, Jesusmariaundjosef!«

»Es ist ja auch einer«, murmelte De Luca, den eigenen Gedanken folgend. »Denn die Guerras sind ja wegen dieser Brosche ermordet worden, vielmehr ist Delmo wegen dieser Brosche gefoltert und ermordet worden, und die anderen nur deshalb, weil sie zufällig auch gerade da waren. Die Frage lautet also: *Woher hatte er die Brosche?* Dieser Carnera ...«

»Vergessen Sie Carnera, Ingegnere, das habe ich Ihnen doch schon mal gesagt.«

»Also gut, vergessen wir ihn ... aber der andere, dieser Pietrino ...«

»Vergessen Sie auch Pietrino, Ingegnere.«

»Vergessen wir auch Pietrino ... Gut, dann sage ich Ihnen jetzt, was passiert ist: Eines Morgens ist Delmo Guerra aufgewacht und hat entdeckt, daß die Zahnfee ihm eine wunderschöne Brosche unter das Kopfkissen gelegt hat...«

»O nein, nicht doch!«

»O nein, nicht doch ... Wie wollen Sie diesen Fall

denn lösen, wenn Sie von vornherein alle Verdächtigen ausschließen? Brigadiere Leonardi, diese Brosche ist aus dem Grund nie bei diesem Komitee gelandet, weil jemand sie sich in die eigene Tasche gesteckt hat!«

»Mist!« rief Leonardi und ließ erneut die Faust aufs Lenkrad saußen, mit solcher Wucht, daß sie abglitt und er sich am Armaturenbrett die Hand aufschnitt.

»Ganz Ihrer Meinung, Brigadiere, da bin ich ganz Ihrer Meinung«, murmelte De Luca. Er sah Leonardi zu, wie er sich das Blut von der verletzten Hand lutschte. Dann sagte er: »Also?«

»Also was?«

»Haben Sie die Absicht, die Ermittlungen weiterzuführen? Wenn Sie den Carabinieri etwas Konkretes liefern wollen ...«

Leonardi warf ihm von der Seite einen finsteren, hämischen Blick zu.

»Ich habe auch jetzt schon etwas Konkretes, das ich den Carabinieri liefern kann, Ingegnere«, entgegnete er und ließ den Motor an, während De Luca wie versteinert auf dem Beifahrersitz saß und kein Wort mehr herausbrachte.

6

Den ganzen Tag über blieb er auf seinem Zimmer in der Osteria, lag reglos der Länge nach auf dem Bett, die Arme neben dem Körper, und starrte zu den abgeschliffenen Balken an der Decke. Von Zeit zu Zeit schälte sich aus der Unsumme der Gedanken, die ihm durch den Kopf schwirrten, der eine oder andere heraus und versuchte, mit Hilfe eines konkreten Details an die Oberfläche zu gelangen, was De Luca wildes Herzklopfen bereitete. Dann schloß er die Augen, schüttelte den Kopf, setzte sich auf und bedeckte das Gesicht mit den Händen, oder aber er lehnte die Stirn an die Fensterscheibe, ohne jedoch hinauszublicken, und hätte im selben Moment am liebsten die Waschschüssel gegen die Wand geschleudert und die Tür eingetreten, doch kaum war dieser Augenblick vergangen, streckte er sich wieder der Länge nach auf dem Bett aus, blieb reglos so liegen und starrte zur Decke. Er dachte an damals, als er noch ein Kind gewesen war und es im dunklen Zimmer plötzlich irgendwo geknistert hatte und die Alpträume nur darauf warteten, über ihn herzufallen, damals hatte es schon genügt, sich das Bettuch über den Kopf zu ziehen und mit fest geschlossenen Augen bis zum Morgengrauen auszuharren, bis die Sonne die Fenster in erstes Licht tauchte und einen befreienden Erschöpfungsschlaf bereithielt, kurz bevor dann Mama mit der Milch hereinkam und er zur Schule mußte. Und wenn sie dennoch über ihn hergefallen wären? Wenn eine Kralle ihm mit einem Ruck das Bettuch weggezogen und ihn mit sich in die Dunkelheit gerissen hätte, oder wenn eine tonnenschwere Hand ihn im Bett zerquetscht hätte und er von den Monstern des Schlafs getötet worden wäre ... De Luca kniff die Augen fest zusammen und warf heftig den Kopf auf dem Kissen hin und her, denn erneut schlug ihm die Angst auf den Magen, gefolgt von einem durchdringenden, mächtigen, eisigen Frösteln, das alles andere auslöschte.

Kurz zuvor – oder aber vor einer ganzen Weile, denn ohne Uhr hatte er die Zeit noch nie richtig abzuschätzen vermocht – hatte er gedacht, daß es vielleicht besser wäre, die Sache mit Leonardi und seinem schrägen Lächeln mit Hilfe der Carabinieri so rasch wie möglich zu beenden, oder noch schlimmer, einfach Schluß zu machen mit dieser absurden Situation als unentdeckter, zur Reglosigkeit verdammter, ohnmächtiger Gefangener. Doch dann hatte jemand an die Tür geklopft, und starr vor Entsetzen hatte er die Zähne zusammengebissen, sein Herz hatte gerast, auch wenn es dann doch nur die Tedeschina gewesen war, die sich erkundigte, ob er zum Essen herunterkommen würde. Er hatte ihr nicht einmal antworten können und sich nicht gerührt, bis ein trockener und übermächtiger Brechreiz seines leeren Magens ihn zur Waschschüssel stürzen ließ und er vergeblich den Mund über dem abgestandenen Wasser aufriß.

Als er schließlich nach unten ging, war es schon fast Abend. Er war davon ausgegangen, das Zimmer mit dem Kamin leer vorzufinden, wie am Abend zuvor, in diesem stillen, beruhigenden Halbschatten, doch statt dessen war er bereits auf der Türschwelle überrascht stehengeblieben, denn alle Tische waren besetzt, und der Raum war voll mit Leuten, Rauch und einem immensen Stimmengewirr, das er erst jetzt richtig wahrnahm. Zögernd und verlegen stand er in der Tür, unentschlossen, ob er nicht lieber kehrtmachen und wieder gehen sollte, doch mittlerweile hatte man ihn bemerkt, und der eine oder andere drehte sich zu ihm um. Tedeschinas Mama nahm ihm die Entscheidung ab, denn sie schob ihn unhöflich von hinten ins Zimmer, weil sie vorbeiwollte.

»Oh!« sagte ein Mann mit Brille und zeigte auf ihn. »Das muß der Ingegnere sein!«

De Luca warf einen verstohlenen Blick hinter sich, doch der Mann war schon aufgestanden und rückte ihm einen Stuhl an der Ecke des Tisches zurecht.

»Setzen Sie sich zu uns, Ingegnere, wir trinken ein Gläschen unter Freunden, um mit Carlino zu feiern, der heute aus Rußland zurückgekommen ist!«

De Luca schüttelte ihm die Hand, setzte sich dazu und murmelte mit gesenktem Blick »angenehm« bei jedem Namen, der ihm genannt wurde.

»Veniero Bedeschi, Präsident der ANPI* von Sant'Alberto, Meo Ravaglia, Franco Ricci, Carlino … und Learco Padovani, genannt Carnera.«

De Luca blickte schlagartig hoch und bemerkte erst jetzt, daß ihm direkt gegenüber am anderen Ende des Tisches der große Mann mit dem hageren Gesicht und der Hakennase saß, den er an diesem Morgen bereits gesehen hatte. Der Mann starrte ihn an – derselbe Blick wie im Seitenspiegel des Jeeps, schwarze, stechende, böse Augen, genauso wie die Augen der Tedeschina. De Luca fröstelte.

»Wissen Sie, daß auch ich an der Universität Ingenieurwissenschaften studiert habe«, sagte der Mann mit der Brille namens Savioli oder Saviotti, wenn De Luca richtig verstanden hatte, war er der Bürgermeister. »Ich wollte mich eigentlich auf Eisenbahntechnik spezialisieren, aber dann kam der Krieg und dann die Resistenza, und ich mußte das Studium abbrechen. Ist Ihr Fachgebiet auch Eisenbahntechnik?«

»Nein. Mechanik«, antwortete De Luca ausweichend.

»Ach, wie schade. Sonst hätte ich mich gern mit Ihnen über …«

»Was führt Sie ausgerechnet in diese Gegend?« un-

* Associazione Nazionale Partigiani d'Italia

terbrach ihn Carnera. Er hatte eine dieser tiefen, klaren, sehr markanten Stimmen, die alle anderen Stimmen sofort übertönen. De Luca versteckte seine Hände unter dem Tisch, damit keiner sah, wie nervös er war.

»Ich bin auf der Durchreise«, sagte er. »Ich komme aus Bologna und bleibe ein paar Tage hier, um ...«

»Auf der Durchreise wohin?«

»Erst nach Rimini, dann nach Rom. Ich habe dort Arbeit gefunden, und ...«

»Weshalb sind Sie nicht mit dem Zug gefahren?«

»Also, ich ...«

»Learco, bitte ...«, versuchte der Bürgermeister sich einzuschalten, aber Carnera würdigte ihn keines Blickes.

»Haben Sie einen Ausweis?«

»Also, ich ...«

»Learco ...«

»Zeigen Sie mir Ihren Ausweis.«

»Mein Gott, Learco!« Bedeschi, der Präsident der ANPI, hob abwehrend die Hand. »Wir haben schon Guido, der die Polizeistation leitet! Überlaß ihm doch bitte diese Arbeit!«

Carnera erwiderte nichts, doch er nahm De Luca weiterhin ins Visier, der seinerseits angestrengt zu lächeln versuchte und um den Schein zu wahren nach dem Glas Rotwein griff, das einer der anderen Männer, die neben ihm saßen, ihm eingeschenkt hatte.

»He, Ingegnere, sagte Savioli oder Saviotti, »Sie

sollten lieber hier bei uns arbeiten statt in Rom! Hier gibt es nämlich wirklich viel zu tun ... Die Front kam direkt am Fluß zum Stehen, und zwei Monate lang haben wir uns sämtliche Kanonen eingefangen, von den Deutschen, den Engländern und den Polen. Im ganzen Dorf gab es keine einzige heile Fensterscheibe mehr. Aber wir haben kräftig zugepackt ... Haben Sie schon die Schule gesehen, Ingegnere? Wir sind dabei, sie ganz allein wieder aufzubauen, mit den Geldern der Kooperative.«

»Tatsächlich?« fragte De Luca mit übertriebenem Interesse. Aber da war Carnera, der ihn vom anderen Ende des Tisches her anstarrte, und er spürte es, auch wenn er nicht zu ihm hinüberblickte, er sah aus den Augenwinkeln, wie Carnera sich schwer auf das Holz der Tischplatte stützte, sah seine Arme mit den riesigen Händen, die breiten Schultern und den bulligen Hals, das hagere, schmale Gesicht und die dunkle Haut. De Luca knetete unter dem Tisch die Hände, bis sie ihm wehtaten.

»Und das ist erst der Anfang, Ingegnere«, sagte Bedeschi, der Mann mit den weißen Haaren und einem feinen, schmalen Oberlippenbart. »Ein Jahr noch, und Sant'Alberto wird es besser gehen als je zuvor. Und wissen Sie auch weshalb? Weil wir hier alle zusammenhalten. Ich kenne ja Ihre politischen Ansichten nicht, Ingegnere ...«

»Ich interessiere mich nicht für Politik«, beeilte De Luca sich zu sagen. Bedeschi nickte mit ernster Miene.

»Ich ja auch nicht, wenn das bedeutet, daß man immer nur Reden schwingt, und das war's, aber wenn Politikmachen bedeutet, die Zukunft zu planen, dann ist das jetzt genau der richtige Moment, denn jetzt, wo wir die Faschisten und die Deutschen davongejagt haben, kommt es darauf an, alles wieder aufzubauen. Da sind wir uns doch einig, was, Ingegnere?«

De Luca zuckte verlegen die Schultern. »Also, ich ...«, setzte er an, aber Carneras tiefe Stimme übertönte ihn und übertönte auch den diffusen Lärm, der im Raum lag.

»Weg mit den Faschisten und weg mit den Deutschen, bravo! Und jetzt, wo alles vorbei ist, können wir wieder nach Hause gehen. Wie nennst du das, Savioli? *Normalisierung* ...«

»Der Krieg ist vorbei, Learco ...«, sagte der Bürgermeister scharf, und seine Stimme bebte.

»Ach ja, ist er vorbei? Das habe ich noch gar nicht gemerkt ... Denn ich für meinen Teil sehe genau dieselben Leute herumlaufen wie vorher, hier genauso wie in Rom, immer noch dieselben Arschgesichter und Priesterfressen. Da braucht man nur solche Betonköpfe wie euch, die bestimmte Reden schwingen!« – er stieß dem Mann, der neben ihm saß, die geballte Faust vor die Stirn und sah dabei unentwegt den Bürgermeister an, der instinktiv den Kopf einzog.

»Es wird schon noch alles anders werden, Learco«, sagte Bedeschi mit einem nachsichtigen Lächeln, »du wirst schon sehen, alles wird anders, und sogar sehr bald ... aber dazu brauchen wir das richtige System.«

»Wenn es nur das ist, das habe ich schon lange«, Carnera klopfte sich in Höhe des Gürtels auf die Jacke, »und ich komme sehr gut damit klar.«

Der Bürgermeister zog eine der Länge nach zusammengefaltete Zeitung aus der Jackettasche und wedelte damit in der Luft.

»In der *Unità* von heute«, sagte er, »steht ein Kommentar von Togliatti, und er sagt da: *Wir wollen einen starken, wohlgeordneten, demokratischen Staat mit einem einzigen Heer und einer einzigen Polizei* ...«

Carnera stemmte sich hoch, riß dem Bürgermeister die Zeitung aus der Hand und schleuderte sie auf den Tisch. De Luca fing sie im Flug auf und verhinderte so, daß sein Weinglas umfiel.

»Soll Togliatti doch kommen!« tobte Carnera, »auch ich kann ihm eine schöne Rede halten, unserem Palmiro! Wenn er meine Pistole unbedingt haben will, da ist sie! Soll er doch kommen und sie sich holen!« Er griff in seine Jacke, zog eine Pistole hervor und knallte sie flach auf den Tisch.

»Mit dir kann man wirklich nicht reden!« zischte der Bürgermeister und drückte sich starr gegen die Stuhllehne. De Luca schluckte und fühlte sich zunehmend unbehaglich. Auch wenn Bedeschi beschwichtigend mit den Händen fuchtelte, heizte die Atmosphäre sich mehr und mehr auf, und De Luca hatte Angst. Er wäre gern aufgestanden und weggegangen, aber das war völlig unmöglich. Also schlug er die Zeitung auf, überflog die fettgedruckten Überschriften und tat so, als würde er sich für die neuesten Meldungen interessieren. *Kongreß des CLN beendet: Norditalien votiert für eine Konstitutionelle Republik* – und weiter unten: *Heute um 15.30 Uhr in der Bucht von Tokio Unterzeichnung der japanischen Kapitulation* – und dann: *Siebter November: eine Erzählung von Vasco Pratolini – Die ersten italienischen Kriegsgefangenen kehren aus Rußland heim, Volksfest* ... Er blätterte um, stutzte bei: *Eifersuchtsdelikt: Kopf des Ehemanns mit Eisenstange zerschmettert,* und wollte gerade mit echtem Interesse weiterlesen, als eine einzelne Notiz links unten auf der Seite seine Aufmerksamkeit erregte. Seine Augen hatten den Titel schon erfaßt, noch bevor es seinem Gehirn gelang, die einzelnen Worte zu entziffern: FASCHISTISCHER HENKER VERHAFTET, stand dort in großen Druckbuchstaben, und darunter kursiv: *Capitano Rassetto in Pavia aufgestöbert. Wie viele andere Kriminelle aus der Squadra Politica verstecken sich noch?*

Hastig schlug De Luca die Zeitung wieder zu, so hastig, daß die Seite einriß. Carnera hörte auf zu reden und sah ihn aufmerksam an. Bedeschi legte ihm die Hand auf den Arm.

»Was ist los, Ingegnere, fühlen Sie sich nicht wohl? Sie sehen ja ganz blaß aus ...«

»Es ist nichts weiter«, sagte De Luca, »nur mein Blutdruck und die Hitze ...«

»Dann trinken Sie doch ein Glas Wein!«

Sie schenkten ihm ein Glas Rotwein ein, und obwohl er den Kopf schüttelte, blieb ihm keine andere Wahl, als zu trinken, denn Carlino drückte ihm den Ellbogen hoch, damit er das Glas leerte. Carnera grinste und ließ ihn nicht aus den Augen. Er beugte sich über den Tisch und schenkte ihm das Glas wieder voll, und als De Luca es wegziehen wollte, schenkte er auch den anderen nach und hob das Glas.

»Auf das Volk«, sagte er. »Auf das Volk«, wiederholte De Luca im Chor mit den anderen und trank. Kaum hatte er das Glas wieder auf den Tisch gestellt, war es auch schon wieder voll.

»Auf den Fortschritt«, sagte der Bürgermeister, und De Luca wiederholte: »Auf den Fortschritt.« Im Handumdrehen war sein Glas wieder gefüllt.

»Auf Carlino, der heute aus Rußland zurückgekommen ist«, sagte Bedeschi.

»Ja, auf Carlino!«

»Jetzt sind Sie an der Reihe, Ingegnere«, sagte Carnera und schob ihm die Flasche hin. »Bringen Sie einen Trinkspruch aus, wir sind ganz Ohr.«

De Luca nahm die Flasche, aber er rutschte am Glas ab, und es gelang ihm gerade noch, sie am Hals zu packen, ehe sie ihm aus der Hand rutschte. Ihm drehte sich alles. Das Stimmengewirr im Raum war lauter geworden, fast unerträglich, und der Rauch kam ihm vor wie dichter Nebel, der alles umhüllte. Carnera starrte ihn von fern aus seinen bösen Augen an.

»Auf die Gesundheit«, konnte De Luca gerade

noch sagen, dann kippte er nach hinten weg und war mit dem Stuhl umgestürzt, bevor die anderen ihn festhalten konnten.

Als er zu sich kam, spürte er einen stechenden Schmerz, als hätte er einen Schlag auf den Kopf bekommen, der ihm in den Ohren dröhnte – in dem deutlichen Gefühl, blutüberströmt zu sein, riß er die Augen auf. In Wirklichkeit saß er unversehrt auf dem Bett, und die Tedeschina versuchte, ihn aufrecht zu halten.

»Wenn Sie immer wieder umkippen, schlagen Sie sich noch den Kopf auf, Ingegnere. Wieso trinken Sie überhaupt, wenn Sie es nicht vertragen?«

»O Gott«, murmelte De Luca. Er schloß die Augen, ließ das Kinn auf die Brust sinken, doch sie hob ihm unsanft den Kopf.

»Sitzengeblieben, Ingegnere, wie soll ich Ihnen sonst das Hemd ausziehen? Wollen Sie etwa in voller Montur ins Bett gehen?«

Gehorsam wie ein Kind hob De Luca das Kinn und hielt auch das Kitzeln ihrer Finger aus, die sich flink am Hemdkragen zu schaffen machten. Endlich hatte die Tedeschina ihm das Hemd aufgeknöpft, zog es mit einem Ruck aus der Hose und versuchte dann, seine Arme hochzuheben, um ihm auch die Ärmel auszuziehen, aber er verlor das Gleichgewicht und fiel hintenüber quer über das Bett.

»Na bravo«, sagte sie schroff, »dann bleiben Sie eben so liegen und gute Nacht auch!«

De Luca hörte das Klappern ihrer Holzpantinen, die sich entfernten, und versuchte, sich aufzurichten. Er wollte nicht mutterseelenallein so liegenbleiben, den Kopf über der Bettkante hängend, in diesem Zimmer, das sich um ihn drehte.

»Francesca« lallte er. »Francesca ...«

Die Tür, die soeben ins Schloß gefallen war, wurde wieder geöffnet. Mit einem Seufzer krabbelte Francesca auf das Bett und kniete sich neben ihn. Sie begann, an einem der Ärmel zu zerren, bis sie ihn ausgezogen hatte, dann sah sie plötzlich hoch und erblickte sich im Spiegel des Schranks neben dem Bett.

»Guck mal!« sagte sie überrascht, mit einer fast kindlichen Überraschung, die sie lächeln ließ, ganz ungezwungen lächeln ließ. Auch De Luca hob den Kopf und sah sich im Spiegel, ein bleiches, unrasiertes Gesicht mit zerzausten Haaren und weit aufgerissenen Augen wie bei einer Eule. Während sie sich betrachtete, drückte die Tedeschina die Brust heraus, strich sich die Bluse über den Hüften glatt, warf den Kopf in den Nacken und drehte sich nach rechts und links.

»Du bist schön«, sagte De Luca ohne Hintergedanken, sie zuckte die Schultern und faßte sich an die kurzen Haare.

»Du bist trotzdem schön«, sagte er, »auch so.«

Sie sah ihn gleichgültig an, und er wurde verlegen, halb betrunken und halb ausgezogen wie er war, einfach lächerlich. Er versuchte, sich das Hemd nun völlig auszuziehen, aber sein ganzes Gewicht lag auf dem falschen Ellbogen. Die Tedeschina lächelte, dann beugte sie sich über ihn und schob ihm einen Arm unter den Rücken, um ihn aufzurichten und ihm auch den zweiten Ärmel auszuziehen. Ihre Bluse war am Ausschnitt aufgeknöpft, und De Luca spürte ihren warmen, intensiven, ein wenig herben Duft und erschauderte mit einem Seufzer. Ihr entging das nicht.

»Für gewisse Dinge scheinst du mir nicht gerade in Form zu sein«, sagte sie hämisch, »außerdem, wenn Carnera das erfährt, bringt er dich um.«

»Jetzt reicht's aber mit diesem Carnera!«

De Luca fuhr so ruckartig hoch, daß ihm kurz die Luft wegblieb. Er schob sich auf dem Bett hoch bis zum Kopfkissen, bis er mit den Schultern am Kopfende des Bettes lehnte. Sie blieb, wo sie war, und betrachtete ihn, auf die Arme gestützt, die Knie abgewinkelt.

»Er wollte nicht, daß ich hier oben bei dir bleibe«, sagte sie. »Als du umgekippt bist, hat er dich raufgetragen, aufs Bett geworfen und dann die Tür wieder zugemacht. Aber ich bin trotzdem gekommen.«

»Danke. Und weshalb bist du zurückgekommen?«

Die Tedeschina zuckte die Achseln. »Deshalb. Ich mach das, was mir gefällt. Und mit wem es mir gefällt.«

»Auch mit den Deutschen.«

»Mit wem ich gerade Lust habe ... mich hat noch keiner gekauft. Einmal hat er mir ein Geschenk gemacht ...«

»Der Deutsche?«

Sie streckte ein Bein vor und versetzte ihm mit dem Fuß derb einen Stoß. »Nicht der Deutsche … Carnera. Aber ich hab's in den Fluß geworfen. Ich will mich nicht binden, ich bin frei.«

»Gut so, Francesca«, seufzte De Luca müde und lehnte den Kopf an das Kopfteil des Bettes, »gut so, Francesca. Du weißt wenigstens, wer du bist und was du willst. Ich dagegen, ich weiß nicht einmal mehr das. Ich weiß überhaupt nichts mehr. Nicht einmal, ob ich morgen noch am Leben bin.« Er schloß die Augen und dachte, daß er so vielleicht würde einschlafen können, aber sie bewegte sich, und das Bettlaken raschelte, sie kroch nah zu ihm heran, so nah, daß er ihren frischen Atem an seinem Ohr spürte.

»Geh weg, bitte«, murmelte er und drückte den Kopf gegen die Schulter, um nicht dieses ständige Kitzeln zu spüren, das ihm einen Schauer nach dem anderen über den Rücken jagte.

»Ich mach das, was ich will«, sagte die Tedeschina. Sie legte ihm die flache Hand auf die Brust, eine kalte, rauhe Liebkosung, die Hand glitt hinunter zu seinem Bauch, sein Atem beschleunigte sich, er zitterte, als hätte er Fieber.

»Bitte«, murmelte De Luca mit geschlossenen Augen, »bitte, Francesca, bitte … ich bin schmutzig und müde und verzweifelt, ich habe seit zwei Tagen nichts mehr gegessen und zittere wie Espenlaub … und außerdem gefalle ich dir überhaupt nicht. Warum nur? Warum?«

»Darum«, sagte sie. Sie nahm seine eine Hand und führte sie zwischen den offenen Knöpfen unter ihre Bluse, dann nahm sie die andere und drückte sie zwischen ihre glatten, jungen Schenkel. De Luca öffnete die Augen und stöhnte leise auf. Er knetete den warmen Stoff ihrer Hose, drehte ihr Gesicht zu seinem und versuchte, sie auf den Mund zu küssen, doch sie entwand sich ihm blitzschnell. Sie drückte ihn aufs Bett, öffnete seine Hose und griff nach ihm, so daß er laut aufstöhnte. Dann streifte sie ihre eigene Hose ab und schleuderte sie mit einem Tritt von sich. Sie setzte sich rittlings auf ihn, und während er noch »Francesca, o Gott, Francesca« murmelte, begann sie sich schnell auf ihm zu bewegen, starrte mit vorgerecktem Kinn aus ihren kalten, bösen Augen auf ihn herab, starrte ihn unentwegt an.

7

Nicht Leonardi war an diesem Morgen gekommen, um ihn abzuholen, sondern einer seiner Polizisten, ein dünner junger Mann mit verträumtem Blick, der ihn vor dem Rathaus absetzte. De Luca hatte das Gebäude betreten und war nach wenigen Schritten im Flur stehengeblieben, weil er nicht wußte, wohin er sich wenden sollte, bis Savioli, der Bürgermeister, mit der Brille in der Hand aus einer der Türen getreten war. Er putzte gerade mit einem Taschentuch die Brillengläser, und erst als er damit fertig war, bemerkte er De Luca.

»Oh, guten Morgen, Ingegnere … Wie fühlen Sie sich?«

»Gut«, sagte De Luca, auch wenn das gar nicht stimmte. »Ich suche Brigadiere Leonardi …«

Savioli mußte unwillkürlich lächeln, was er zu unterdrücken versuchte, indem er die Lippen schürzte und die Augen halb zuklappte. De Luca entging das keineswegs, und er fühlte sich unwohl.

»Da entlang«, sagte der Bürgermeister und zeigte auf die Tür, durch die er soeben getreten war, dann streckte er ihm schnell die Hand hin. »Ich will Ihnen nicht Ihre Zeit stehlen«, sagte er halblaut, während er ihm die Hand schüttelte, »aber ich kann Ihnen versichern, daß ich auf Ihrer Seite stehe und schon immer gestanden habe. Meine Hochachtung!«

De Luca nickte verwirrt und ging den Flur hinunter, während Savioli ihm noch eine Weile nachblickte. De Luca hatte kein Wort von dem verstanden, was der Bürgermeister zu ihm gesagt hatte, aber er hatte einen gehörigen Schreck bekommen. Er öffnete die Tür zu Leonardis Büro, ohne anzuklopfen. Leonardi hob den Kopf von einer Reihe Papiere, die vor ihm ausgebreitet auf dem Schreibtisch lagen.

»Ich habe gerade den Bürgermeister getroffen, der ...«, begann De Luca, aber Leonardi unterbrach ihn mit säuerlicher Miene.

»Ausgezeichnet, Ingegnere! Wirklich ausgezeichnet!«

De Luca runzelte die Stirn. »Wie bitte?« fragte er.

»Hervorragende Idee, es mit der Tedeschina zu treiben, Kompliment! Carnera wird begeistert sein! Ich lasse Sie nur eine Minute allein, und schon gibt es ein einziges Durcheinander, Sie besaufen sich, Sie fallen vom Stuhl ...«

»Woher wissen Sie das?«

»Machen Sie sich nicht lächerlich ... es waren doch alle dabei, in der Osteria!«

»Nein, ich meine das mit Francesca ... mit der Tedeschina.«

»Sie selbst hat es mir erzählt, heute morgen. Das

weiß jetzt sicherlich schon die ganze Stadt. Glauben Sie etwa, sie ist wegen Ihrer schönen Augen zu Ihnen aufs Zimmer gekommen? Das tut sie doch nur, um Carnera herauszufordern, zum Trotz, damit er eifersüchtig wird.«

De Luca breitete die Arme aus und ließ sie wieder fallen. Er war so überrascht und kam sich dermaßen wie ein Idiot vor, daß er ungewollt lachen mußte.

»Mir scheint, in diesem Dorf wollen mich alle Leute zu irgend etwas benutzen …«, murmelte er mit einem verlegenen Lächeln.

»Lachen Sie nur, lachen Sie nur …«, sagte Leonardi mit strenger Miene, »denn es ist wirklich zum Lachen … Ich weiß ja nicht, wo Sie herkommen, Ingegnere, aber hier in der Romagna ist das Hörneraufsetzen seit jeher ein ausreichendes Motiv, sich eine Gewehrkugel einzufangen, sogar von Leuten, die friedfertiger sind als Carnera. Was glauben Sie denn, wie es Tedeschinas deutschem Liebhaber ergangen ist? Er liegt in einem Brunnen, den die Leute im Dorf auch nach ihm benannt haben: Pozzo del Tedesco, Deutschenbrunnen. So, wie die Dinge liegen, ist es für mich schon schwierig genug, Ihre Haut zu retten, also vermeiden Sie bitte in Zukunft solche Auftritte.«

De Luca senkte den Kopf, schloß die Augen, ballte die Fäuste und stieß die Luft aus.

»Tut mir leid«, sagte er, »tut mir wirklich leid … Reicht Ihnen das? Was soll ich denn noch tun?«

»Ich will, daß Sie sich setzen und mir dabei helfen, diesen Fall ein für alle Male zu lösen.«

De Luca öffnete die Augen wieder. »Dann geht es also voran?« fragte er, ungläubig und so erleichtert, daß seine Stimme zitterte.

»Natürlich, wieso denn nicht? Es ist meine Pflicht, über die Geschehnisse eine Untersuchung durchzuführen, und ich mache keinen Rückzieher. Was ist, Ingegnere, weshalb lachen Sie?«

De Luca schüttelte den Kopf und verbarg den Mund hinter der vorgehaltenen Hand. Er fühlte sich dermaßen erleichtert, daß er sich einfach nicht beherrschen konnte.

Er setzte sich hin und sah sich im Zimmer um: ein kahler Raum mit einem Tisch, zwei Stühlen, einer Küchenanrichte, vollgestopft mit Papierkram, und zwei hellen Rechtecken an den Wänden, das eine etwas größer, das andere etwas kleiner, Mussolini und der König, wo die beiden wohl abgeblieben waren. Als er den Blick wieder senkte, begegneten seine Augen denen Leonardis, der ihn finster ansah, und De Lucas Lächeln erlosch.

»Damit wir uns richtig verstehen, Brigadiere«, sagte er, »ich bin jetzt lange genug bei der Kriminalpolizei ... beziehungsweise war ich es lange genug, um zu wissen, wie so etwas läuft. Gerade eben haben Sie von Ihrem Bürgermeister politische Rückendekkung erhalten, sonst könnten die Ermittlungen nicht einmal anlaufen. Was haben Sie ihm über mich erzählt? Weiß er, wer ich bin?«

Leonardi schüttelte den Kopf. »Nein«, sagte er. »Er glaubt, Sie sind ein Parteifunktionär aus Bologna, der gekommen ist, um zu sehen, wie die Dinge laufen.«

»Und wie laufen die Dinge?«

Leonardi zuckte die Schultern. »Das haben Sie ja selbst erlebt, Carnera auf der einen Seite und Savioli auf der anderen und dazwischen Bedeschi, der den Vermittler spielt. Sehen Sie, Ingegnere, Carnera ist bei uns ein Mythos, er ist ein Held, und zwar einer mit einem riesengroßen H. Der hat im Krieg Sachen gemacht ... mein Gott, die von der Brigata Nera aus Bologna haben ihn geschnappt und zwei Tage gefoltert, aber er – nichts, kein Sterbenswörtchen ... Und das ist noch nicht alles. Kaum haben sie einen Augenblick nicht aufgepaßt, hat er gleich zwei von ihnen umgebracht und ist mit ihren Waffen auf und davon! Carnera ist wirklich ein Mythos, aber im Laufe der Zeit ist er ein unbequemer Mythos geworden, der nicht abtreten will, und Savioli wäre es gar nicht einmal so unrecht, wenn Carnera bei den Ermittlungen ein paar Federn lassen müßte.«

»Und Ihnen? Wäre es Ihnen denn unrecht?«

Leonardi runzelte die Stirn und wandte den Blick ab.

»Carnera ist Partisan und Kommunist«, sagte er leise, »und auch ich bin Partisan und Kommunist. Ich hoffe, nein, ich bin mir sogar ganz sicher, daß es nicht soweit kommen wird.«

De Luca seufzte. Er rutschte auf dem Stuhl nach vorn, streckte die Beine aus und verschränkte die

Hände hinter dem Nacken. Zu seinem Verdruß hörte man dabei die Halswirbel knacken.

»Wie ich die Sache sehe«, sagte er und blickte zur Decke, während Leonardi sich vorbeugte und auf den Schreibtisch lehnte, »besteht kein Zweifel, daß die Guerras wegen dieser Brosche umgebracht worden sind und daß sie sie von jemandem bekommen haben, der an der Aktion gegen den Grafen teilgenommen hat. Also von Pietrino Zauli, von diesem Baroncini oder von Carnera. Bitte unterbrechen Sie mich nicht.«

Leonardi hatte nur ein wenig den Mund geöffnet, doch er klappte ihn sofort wieder zu und unterdrückte ein Seufzen.

»Mal abgesehen davon«, fuhr De Luca fort, »daß wir nicht wissen, was zum Teufel dieser Baroncini mit der Geschichte zu tun hat und weshalb er an dem Abend eigentlich nicht dabei sein sollte, dann aber doch da war ... Kann man sich mit diesem Kerl denn nicht einmal unterhalten? Wo ist er?«

Leonardi breitete die Arme aus. »Er ist nicht mehr hier. Baroncini ist gestern weggefahren, er ist nach Bologna gegangen, aber keiner weiß genau wohin.«

»Na gut ... Lassen wir das einmal außen vor. Die erste Frage lautet in jedem Fall: *Wieso?* Wieso hat Delmo Guerra diese Brosche bekommen? Gab es wirklich nichts, das er getan haben könnte, um sie als Bezahlung zu kassieren? Vermutlich nicht, nicht bei einem Mann wie Delmo.« Leonardi schüttelte den Kopf und sagte noch immer kein Wort. Er schien regelrecht den Atem anzuhalten. »Also müssen wir anders an die Sache herangehen, denn man kann zwar dafür bezahlt werden, daß man etwas tut, aber genausogut auch dafür, daß man etwas *nicht tut*. Zum Beispiel etwas weitererzählen, das man weiß. Wir Ingegneri nennen so etwas *Erpressung*.«

Leonardi machte den Mund auf, brachte jedoch nur ein rauhes Krächzen hervor. Er räusperte sich, stand auf und drehte kopfschüttelnd eine Runde um den Schreibtisch.

»Was ist, paßt es nicht?« fragte De Luca.

»Und wie es paßt! In Bologna oder in Mailand, aber doch nicht hier! Ich meine, was hätte ein Tier wie Delmo denn schon verschweigen sollen?«

»Daß er beispielsweise, als er abends zur Jagd ging, gesehen hat, wie ...« De Luca hielt inne, runzelte die Stirn, und Leonardi nickte nachdrücklich.

»Genau! Daß er gesehen hat, wie sie den Grafen liquidiert haben ... Aber Ingegnere, das wußten wir doch alle, auch wenn niemand darüber gesprochen hat. Das wußte sogar ich, als Polizist ... und ich denke gar nicht daran, Carnera, Pietrino oder Baroncini zu verhaften, weil sie so ein Schwein von Spion abgemurkst haben, im Gegenteil.«

»Schon gut, aber wenn er die Carabinieri informiert hätte ...«

»Das letzte Mal, daß zwei Carabinieri sich hier in der Gegend haben blicken lassen, war bei einem Tanzfest am ersten Mai. Wir haben ihnen die Waffen abgenommen und sie wieder nach Hause geschickt.

Sehen Sie meine Pistole? Das ist ein Geschenk der Carabinieri. Nein, Ingegnere, die einzigen, die hier respektiert werden, sind die Alliierten, aber die sitzen in Bologna und interessieren sich Gott sei Dank nur für ihren eigenen Kram. Es wird noch eine ganze Weile dauern, bis die Carabinieri Leuten wie Pietrino und Baroncini angst machen können!«

»Oder Carnera.«

Leonardi zuckte die Schultern. »Warten wir's ab.«

»Gut, warten wir's ab. Hören Sie, da fällt mir noch ein anderes gutes Motiv für eine Erpressung ein ... Guerra wußte, daß jemand sich das Zeug vom Grafen in die eigene Tasche gesteckt hatte, und er wollte auch etwas abhaben. Also haben sie ihm eine Brosche gegeben, damit er den Mund hält, und dann haben sie ihn umgebracht.«

»Ja, durchaus möglich ...«

»Na endlich ...«

»Aber nicht Carnera! Dafür würde ich meine Hand ins Feuer legen!«

»Du liebe Güte ... ist dieser Mann etwa ein Heiliger?«

Leonardi ließ die Faust auf den Schreibtisch sausen, die Knöchel schlugen hart auf das Holz. »Kein Heiliger, aber ein Held, Ingegnere, das habe ich Ihnen doch schon gesagt. Carnera würde sich nie und nimmer eine einzige Lira des CLN in die eigene Tasche stecken, und ebensowenig würde er das bei anderen durchgehen lassen ...« Er hielt inne, schwieg einen Moment lang, dann drehte er sich um und tauchte mit zwei Schritten so überraschend neben De Luca auf, daß dieser die Augen aufriß und ruckartig den Kopf hob. Und wieder knackten die Halswirbel, die solche raschen Bewegungen nicht mehr gewohnt waren.

»Das wäre wirklich ein Motiv!« Leonardi packte ihn am Ärmel seines Mantels und schüttelte ihn. »Wenn Carnera erfahren hätte, daß Baroncini oder Pietrino oder sonstwer irgend etwas eingesteckt hat, während er oben beim Grafen war, dann hätte er ihn auf der Stelle erledigt ... das hat er schon mal getan! Und das ist es auch, was Guerra nicht ausplaudern sollte!«

»Ja, gut möglich ... dann würden auch einige Details besser ins Bild passen, wie beispielsweise Pietrinos Motorrad, das an dem Abend vor dem Haus der Guerras stand. Genug jedenfalls, um ihn zu verhaften ...«

»Um ihn zu verhaften?« Leonardi hörte jetzt auf, sich aufgeregt die Hände zu reiben, und sah De Luca besorgt an. »Ihn allen Ernstes zu verhaften?«

De Luca stand auf und strich den Regenmantel glatt. »Brigadiere, so kann man keine Ermittlungen durchführen, vom Schreibtisch aus, ohne eine einzige Vernehmung oder Hausdurchsuchung. Und wir dürfen auch nicht vergessen, daß dieser Ring immer noch irgendwo herumgeistert, und sollte er tatsächlich bei Pietrino zu Hause auftauchen ...« Er wollte noch hinzufügen, *dann würde das alle unsere Probleme lösen*, aber er sagte es nicht. Leonardi hatte es auch von selbst verstanden, denn er nickte zustimmend.

»Dann holen wir uns eben Pietrino«, sagte er und wandte sich zur Tür. »Mein Gott, das wird nicht einfach werden ...«

Pietrino Zauli war nicht zu Hause. Sie hielten mit dem Jeep mitten auf dem Hof, und Leonardi stieg aus, um zu klopfen, gefolgt von einem Polizisten mit einem Maschinengewehr über der Schulter, aber die Frau, die ihr Gesicht nur kurz in der Tür zeigte, sagte irgend etwas in Dialekt. De Luca verstand nur, daß Pietrino nicht zu Hause war, und eine Sekunde später rannte Leonardi auch schon zum Jeep zurück und sprang hinter das Lenkrad. Er fuhr mit Vollgas los, während der dünne Polizist mit dem verträumten Gesicht noch halb draußen war, und raste davon, ohne ein Wort zu sagen. De Luca klammerte sich am Handgriff des Armaturenbretts fest, um nicht von den Schlaglöchern aus dem Jeep geschleudert zu werden. Als sie ebenso abrupt vor einem langgestreckten Stallgebäude mit einer niedrigen Tür anhielten, sahen sie einen Jungen, der über die Felder angeflitzt kam und durch eine Seitentür in den Stall schlüpfte. Leonardi knallte die Faust aufs Lenkrad.

»Verdammter Mist!« knurrte er. »Sie haben ihn schon gewarnt! Bei den Deutschen haben wir das auch immer so gemacht, ein Junge und ab die Post ... Wir können nur hoffen, daß er noch da ist.«

Sie sprangen aus dem Jeep, und De Luca, der erst

in diesem Moment einen penetranten, schweren Geruch wahrnahm, der ihm sofort auf den Magen schlug und ihn ganz blaß werden ließ, verzog das Gesicht. Plötzlich ertönte aus dem Stall ein spitzer Schrei, dem weitere Schreie folgten, die immer spitzer wurden und immer gellender. De Luca blieb so abrupt stehen, daß Leonardi es bemerkte und ihm eine Hand auf den Arm legte.

»Es sind nur Schweine, Ingegnere«, rief er, um die Schreie zu übertönen, »hier werden Schweine gezüchtet, und die Tiere werden gerade geschlachtet. Macht man das da, wo Sie herkommen, etwa nicht?«

De Luca schluckte und nickte. Er folgte Leonardi bis zur Tür und wartete dort neben ihm, während der junge Polizist in den Stall ging, um nach Pietrino zu suchen. Der ohrenbetäubende Lärm drang in sein Gehirn und breitete sich dort aus, und als die spitzen Schreie ganz plötzlich wieder aufhörten, gefolgt von einer Stille, die ebenso unerträglich war wie der Gestank, der ihn umgab, fühlte De Luca einen starken Druck, der ihm das Blut aus der Nase trieb. Er preßte den Handrücken gegen den Mund, während eine Welle feuchter Wärme über seine Lippen rann, und er taumelte. Er setzte sich auf einen Stein, lehnte den Rücken an den Pfahl eines Lattenzauns und atmete ganz langsam durch den Mund.

»Was ist denn los?«

Pietrino Zauli war ein kleiner Mann mit einer schwarzen Baskenmütze, die er in die Stirn gezogen hatte, und einem roten Tuch um den dünnen, runzeligen, sonnenverbrannten Hals. Sein eines Auge war halb geschlossen, eine weiße Narbe reichte vom Lid bis auf die Wange. In der Hand hielt er eine noch blutverschmierte Hippe mit gebogener Spitze. Leonardi schluckte und fuhr sich mit der Zunge über die Lippen.

»Ich muß dich mal ein paar Sachen fragen, Pietrino«, sagte er, »es ist wichtig.«

»Ich hab jetzt zu tun. Komm später wieder.«

»Warst du an dem Tag, als Guerra ermordet wurde, bei ihm?«

»Wieso?«

»Dein Motorrad war an dem Tag bei Delmo auf dem Hof ... Was hast du da gemacht?«

»Wieso?«

Leonardi ballte die Fäuste und schloß eine Sekunde lang die Augen, aber keinen Moment länger.

»Pietrino«, zischte er dann, »wenn du mir hier nicht antworten willst, dann kannst du das in der Kaserne tun, denn ich werde dich verhaften.«

»Ach ja? Bist du jetzt etwa ein Carabiniere?« Pietrino Zauli machte einen Schritt auf ihn zu, und Leonardi wich einen Schritt zurück. Pietrino zeigte mit der Hippe wie mit einem Schwert auf De Luca. »Und wer ist der da? Vielleicht noch ein Carabiniere?«

De Luca verzog das Gesicht, spürte den süßlichen Geschmack von Blut auf seinen Lippen, zog die Nase hoch und sah auf. Hinter einem Fenster des Hauses saß auf dem Fensterbrett ein Mann mit einem Gewehr auf den Knien. Auch Leonardi bemerkte ihn und schloß erneut die Augen, diesmal eine Sekunde länger.

»Kommst du nun freiwillig mit oder nicht?« fragte er. Pietrino schüttelte den Kopf und wischte sich mit dem roten Halstuch über den Schildkrötenhals.

»Weder freiwillig noch unfreiwillig, Guido … Worauf willst du eigentlich hinaus? Wieso mischst du dich da ein? Du weißt doch, wie man bei uns sagt … Wenn du etwas Schwarzes siehst, dann schieß, entweder es ist ein Priester oder ein Carabiniere … und ich sehe schwarz, Guido, sogar sehr schwarz. Paß ja auf.«

»Paß du lieber auf, Pietrino … daß du den Bogen nicht überspannst!« Leonardis Hand zuckte leicht, hielt sich aber von der Pistolentasche fern. Mit der Hand, die die Hippe umklammerte, schob sich Pietrino die Baskenmütze aus der Stirn und stemmte dann die Fäuste in die Hüften.

»Hau ab…«, sagte er, »hau nur ab und spiel den Polizisten, ich bleibe hier und mache Männerarbeit … und was sonst noch dazu gehört. Du willst wissen, wo ich an dem Tag gewesen bin? Ich war bei der Lea, den ganzen Tag lang. Laßt euch doch in den Arsch ficken, du und dein Freund.« Er drehte sich langsam um und ging auf die Tür zu. Leonardi zischte: »Bleib stehen, Pietrino!«, aber Pietrino blieb nicht stehen.

»Ich hab's dreimal mit der Lea gemacht –«, sagte er immer noch mit dem Rücken zu ihnen, hob den

Arm, streckte drei Finger aus und wiederholte: »Dreimal!« Dann war er nicht mehr zu sehen, und die Tür fiel mit einem kurzen Knall zu. Im Stall hob das Geschrei der Schweine wieder an, und De Luca legte stöhnend den Kopf in den Nacken. Leonardi drehte sich um und ging zum Jeep. Der Polizist mit dem verträumten Blick hatte das Maschinengewehr auf dem Sitz liegengelassen und war schon seit einer Weile weggegangen, quer durch die Felder, die Hände in den Hosentaschen.

8

»Nasenbluten ... wie ein kleines Kind! Sind Sie sich wirklich ganz sicher, daß Sie früher mal Polizist waren?« Leonardis Tonfall war bissig, was seine Stimme gleichzeitig schrill und rauh klingen ließ.

De Luca saß stocksteif da und versuchte, die Stöße des Jeeps abzufedern. Er hatte probeweise den Kopf hinten angelehnt, doch der war bei jedem Schlagloch hart gegen den Sitz geknallt.

»Wenn Sie es unbedingt an mir auslassen wollen, nur zu ... ich kann nichts daran ändern.«

»O ja, das sehe ich, daß Sie nichts ändern können. Nasenbluten ... Haben Sie etwa noch nie jemand so schreien hören wie ein abgestochenes Schwein, als Sie noch bei Ihren Freunden waren?«

»Wer ist diese Lea?«

»Wer? Ach ja, Lea ... Das ist Pietrinos Freundin, sie arbeitet in der Kooperative ... Wieso?«

»Weil Pietrino gesagt hat, daß er an dem besagten Tag mit ihr zusammen war, und ich habe den Eindruck, daß er sich seiner Sache viel zu sicher ist, um sich prophylaktisch ein Alibi zu besorgen. Wenn wir es schaffen, bei ihr zu sein, bevor er sie warnen kann, erwischen wir ihn vielleicht bei einem Widerspruch. Vorausgesetzt, er ist unser Mann ...«

De Luca konnte den Satz nicht beenden. Leonardi trat aufs Gaspedal, als sie gerade mitten in einem Schlagloch waren, und der Jeep machte plötzlich einen Satz nach vorn, kippte ein wenig zur Seite und wäre fast von der Straße abgekommen.

»Wie soll ich sie denn danach fragen?« Leonardi hatte schon ein Bein draußen, als er noch einmal innehielt und verlegen in die geschlossene Hand hustete. »Wenn ich zu ihr sage: ›Ist Pietrino an dem Tag, als Guerra ermordet wurde, bei dir gewesen?‹, dann riecht sie den Braten und sagt ›ja‹, das ist völlig klar. Und dann?«

De Luca strich sich über das Kinn und dachte nach, dann zuckte er die Achseln.

»Sagen Sie zu ihr, daß Sie gar nicht wußten, daß sie nicht mehr mit Pietrino zusammen ist.«

»Wieso nicht mehr mit ihm zusammen ist?«

»Nun, das ist mehr oder weniger das, was diese Lea Ihnen erzählen wird. Und Sie fügen dann hinzu, daß Sie Pietrino ausgerechnet an diesem Tag mit einer anderen gesehen haben, und dann beobachten Sie ihre Reaktion. Entweder sagt sie, daß das unmöglich ist, weil er bei ihr war, oder sie wird wütend, und dann hat Pietrino gelogen und ist vielleicht unser Mann.«

»Genau!« Leonardi schlug ihm mit der flachen Hand kräftig auf die Schulter und sprang aus dem

Jeep. De Luca blieb sitzen und verkroch sich, von einem Kälteschauer geschüttelt, in seinen Mantel. Es war ein seltsamer Morgen, die Sonne kam und ging, und obwohl am Himmel keine einzige Wolke zu sehen war, sah es aus, als würde es jeden Augenblick anfangen zu regnen. Pietrino Zauli ... De Luca sagte den Namen ein paarmal halblaut, nur die Lippen bewegend, vor sich hin und schüttelte dann den Kopf. Wer weiß, dachte er, wer weiß ...

Etwas berührte ihn am Arm, und er schrak so ruckartig hoch, daß er sich ein Knie am Armaturenbrett stieß.

»O Gott, entschuldigen Sie bitte! Ich habe Sie erschreckt ...« Veniero Bedeschi zog die Hand zurück, als hätte er sich verbrannt, dann lächelte er, und sein weißes Oberlippenbärtchen verzog sich zu einem schmalen Strich.

»Wie geht es Ihnen heute, Ingegnere?« fragte er. »Sie sehen noch etwas blaß aus. Kommen Sie, ich lade Sie zu einem Glas Wein ein ... Aber nein, ich habe ja selbst erlebt, daß Ihnen das nicht bekommt. Dann gehen wir eben zum Barbier, der macht einen Kaffeelikör, der selbst Tote zum Leben erweckt ... Es ist nur ein Katzensprung, Ingegnere, machen Sie mir die Freude ...«

Er streckte einen Arm nach De Luca aus, der den Kopf schüttelte und die Hand auf den Magen legte, doch schon faßte Bedeschi ihn am Ellbogen und zog ihn vom Sitz. De Luca glitt aus dem Jeep und verfing sich mit dem Mantel im Kotflügel.

»Ich warte auf den Brigadiere«, sagte er und wies mit dem Daumen zur Eingangstür der Kooperative, »es ist wegen Dokumenten, eine eilige Sache …«

»Keine Sorge, Ihren Brigadiere können wir von der Ladentür aus sehen … Kommen Sie.«

De Luca ließ sich gehorsam von ihm unterhaken. Allein die Vorstellung von einem Glas Kaffeelikör ließ seinen leeren Magen schmerzhaft rumoren und war so unwiderstehlich, daß er sich sehr beherrschen mußte, um nicht seinerseits Bedeschi ungeduldig anzutreiben. Sie betraten den Barbierladen, einen engen, schlauchartigen Raum mit einem Spiegel an der Wand und drei Holzstühlen davor. Ein kleiner Mann in einem weißen Kittel lehnte an einem Waschbecken und zog sich gerade mit dem Kamm einen schnurgeraden Scheitel oberhalb des Ohrs, um dann ein Büschel langer Haare über seinen kahlen Schädel zu legen.

»Setzen Sie sich, Ingegnere … Übrigens, wenn Sie schon einmal hier sind, weshalb lassen Sie sich nicht gleich rasieren? Marino ist ein ausgezeichneter Barbier, wissen Sie …«

De Luca strich sich instinktiv über die Wangen und schüttelte den Kopf: »Nein, danke.« Er hätte durchaus eine Rasur vertragen können, und der Bart, der ihn am Hals kratzte, störte ihn schon seit ein paar Tagen, aber da war die verlockende Aussicht auf diesen Likör, und er befürchtete, der Schnaps könnte sich in Luft auflösen. Er hätte ihn nicht einmal gegen ein Bad mit Lavendelöl eingetauscht.

Bedeschi schien seine Gedanken zu lesen.

»Gib uns doch einen Schluck von diesem Zeug, das du selbst braust, Marino! Der Ingegnere braucht dringend etwas, das ihn wieder auf die Beine bringt …«

De Luca lächelte. Er setzte sich und vergrub die Hände in den Manteltaschen. Er warf einen Blick in den Spiegel, drehte den Kopf jedoch augenblicklich wieder weg, denn er sah wirklich aus wie ein Landstreicher. An seiner Lippe klebte sogar ein bißchen geronnenes Blut, das er verstohlen mit dem Fingernagel wegkratzte. Bedeschi hingegen betrachtete sich unverhohlen mit zufriedener Miene im Spiegel und strich sich die weißen Haare nach hinten.

»Die Zeit geht an uns allen nicht spurlos vorüber, Ingegnere«, sagte er, »auch wenn sie bei unsereinem vielleicht ein paar Spuren mehr hinterlassen hat. Wie alt schätzen Sie mich beispielsweise? Keine Scheu, heraus mit der Sprache …«

De Luca legte die Stirn in Falten. »Fünfzig?« schlug er vor und ging dabei in erster Linie nach den weißen Haaren.

»Zweiundvierzig. Aber eigentlich haben Sie recht, denn ich war ein Jahr in Deutschland, und das zählt für zehn. Sie schätze ich hingegen eher auf fünfunddreißig, sechsunddreißig … liege ich richtig?«

»Mehr oder weniger«, sagte De Luca.

»Aber die Jahre, die hinter uns liegen, zählen nicht, es zählen nur die Jahre, die noch kommen. Was interessiert Sie mehr, Ingegnere, die Vergangenheit oder die Zukunft?«

De Luca sah hoch und merkte, daß Bedeschi ihn aufmerksam und mit einem breiten Lächeln unter dem weißen Strich des Oberlippenbärtchens im Spiegel beobachtete.

»Kommt ganz drauf an«, sagte er.

»Kommt worauf an?«

»Auf die Zukunft.«

Marino hatte den Laden durch die Hintertür wieder betreten und kam jetzt durch einen Vorhang aus vergilbten Schilfrohrstäbchen, die mit einem hohlen Klacken gegeneinanderschlugen. Er hatte drei Gläser in der Hand und eine verkorkte schwarze Flasche unter dem Arm. De Luca leckte sich die Lippen.

»Jetzt will ich Ihnen mal etwas erzählen, Ingegnere«, sagte Bedeschi, nahm Marino die Flasche ab und goß zwei Finger breit Likör in eines der Gläser. »1944 bin ich bei einer Riesenrazzia geschnappt worden, und sie haben mich in ein Konzentrationslager gesteckt. Niemals zuvor in meinem Leben hatte ich so großen Hunger, und es gab nichts zu essen, gar nichts ... Ich wog fünfundvierzig Kilo, als die Inder uns befreit haben, und abends haben sie uns eine Schüssel gekochten Reis gebracht. Sie werden lachen, Ingegnere – von Zeit zu Zeit lasse ich mir von meiner Frau genau diesen Reis kochen und in so einer Schüssel servieren, um den Geschmack von damals wiederzufinden ... Und wissen Sie auch, was das bedeutet? Daß man die häßlichen Dinge der Vergangenheit vergessen und nur die schönen in Erinnerung behalten soll.«

De Luca mußte lächeln.

»Wenn man das nur könnte.« Er streckte einen Arm vor und griff nach dem Glas, das Bedeschi ihm reichte.

»Man kann, Ingegnere, man kann ... Man braucht einfach nur in die Zukunft zu blicken. Unser Marino zum Beispiel ... hier im Laden war er nur der Laufbursche, der Barbier war ein anderer, ein zwielichtiger Kerl, der sich immer mit denen von der Brigata Nera herumtrieb. Eines Tages sind zwei Unbekannte aufgetaucht und haben den Barbier erschossen, genau in dem Moment, als Marino den Laden schließen wollte.«

Marino nickte eifrig, und eine Strähne seiner wenigen Haare fiel ihm in die Stirn.

»Einer hat die Pistole auf meine Schulter gelegt, während er auf ihn geschossen hat ... zweimal, *bum, bum*!«

»Genau. Unser Marino war drei Tage auf dem einen Ohr taub, und eine Woche lang haben ihm die Beine gezittert, aber dann war alles ausgestanden. Und jetzt hat er neue Sessel für den Laden bestellt und macht diesen Likör, der ein Wunder der Schöpfung ist. Was meinen Sie, Ingegnere, ist dieses Zeug hier nicht tausendmal besser als all die häßlichen Dinge von früher, die man am besten vergessen sollte?«

»Weshalb erzählen Sie mir das alles?« fragte De Luca mit rauher Stimme. Während Bedeschi redete, hatte er einen Schluck von dem Likör getrunken, und von dem bitteren Kaffeegeschmack war seine Zunge ganz belegt. Durch den Alkohol fühlte er sich jedoch leichter und wacher, und es kam ihm so vor, als hätte er riesige Augen, so daß auch er nun einen Blick in den Spiegel wagte.

»Zukunft bedeutet Wiederaufbau, und das sind Themen, die einen Ingegnere wie Sie interessieren dürften. Für Sant'Alberto gibt es große Pläne, wissen Sie. Einige Firmen sind aus dem Nichts entstanden und entwickeln sich bereits jetzt sehr vielversprechend. Nehmen Sie beispielsweise Baroncini.«

»Baroncini?« De Luca sah nun Bedeschi an, während dieser sehr interessiert irgend etwas in seinem Glas betrachtete.

»Genau, Baroncini. Er hat den Engländern zwei Lastwagen abgekauft und ein Transportunternehmen auf die Beine gestellt, das das halbe Dorf mit Arbeit versorgen wird.«

»Da muß er ja sehr reich gewesen sein, dieser Baroncini ... Zwei Lastwagen kosten einen Batzen Geld.«

»Nein, reich war er nicht ... aber einfallsreich, außerdem hat er Geld aufgetrieben. Die Sache ist ganz einfach, Ingegnere, Baroncini als armer Mann gehört der Vergangenheit an, und Baroncini als Unternehmer, der vielen Leuten Wohlstand bringen wird, ist die Zukunft.«

»Und Baroncini, der die ersten Gelder für seine Investitionen auftreibt, gehört ebenfalls der Vergangenheit an.«

Bedeschi lächelte und sah von seinem Glas auf.

»Ausgezeichnet, Ingegnere! Man merkt, daß Sie ein gebildeter Mann sind! Da, sehen Sie ... der Brigadiere kommt gerade aus der Kooperative ...«

De Luca wollte aufstehen, aber Marino hielt ihn zurück und zog mit einer schnellen Handbewegung einen Kamm aus seiner Kitteltasche.

»Moment mal, Ingegnere ... Meinetwegen lassen Sie sich ruhig einen Bart wachsen, auch wenn Ihnen das nicht steht, aber mir soll keiner nachsagen, daß jemand so ungekämmt meinen Laden verläßt!«

Leonardi stand mit besorgter Miene auf dem Trittbrett des Jeeps, hielt sich mit einer Hand am Sitz fest und sah sich suchend um. De Luca gab ihm ein Zeichen mit dem Arm und ging eilig, fast im Laufschritt, zu ihm hinüber. Er fühlte sich beschwingt.

»Ich war beim Barbier«, sagte er ein wenig atemlos. »Er wollte mich unbedingt noch mit diesem Zeug einsprühen, und das duftet dermaßen ... Was ist?«

Leonardi wirkte verärgert, zornig. Neben ihm stand eine nicht besonders große, kräftige Frau mit hohen Backenknochen in einem breitflächigen Gesicht.

»Jetzt erzähl ihm noch mal, was du mir schon erzählt hast, Lea«, sagte Leonardi und faßte sie an der Schulter.

»Es stimmt gar nicht, daß Pietrino es dreimal gemacht hat. Nach dem erstenmal ist er eingeschlafen wie ein Stein.«

»Mein Gott, Lea, nun mal los!« Leonardi faßte sie erneut an der Schulter und schüttelte sie diesmal ein wenig. »Erzähl ihm alles haargenau so, wie du es mir auch erzählt hast, und zwar ohne Faxen! Das ist der Ingegnere!«

Die Frau zuckte die Achseln und nickte, als wäre damit ohnehin schon alles gesagt. Sie faßte in ihr geblümtes Kleid und zog den Unterrockträger hoch.

»An dem Tag, von dem Sie reden, war Pietrino mit mir zusammen, und deshalb kann es gar nicht sein, daß man ihn mit einer anderen Frau gesehen hat. Und das ist für ihn auch besser so, denn sonst hätte ich ihm gleich sein zweites Auge ausgekratzt. Aber welche Frau will schon einen wie Pietrino, der so häßlich ist? Nur eine wie ich ...«

»Wie lange war er an dem Tag mit Ihnen zusammen?« De Luca stützte sich mit dem Ellbogen auf den Kotflügel, beugte sich vor und sah die Frau, die einen Schritt zurücktrat, aufmerksam an.

»Wer ist denn hier der Brigadiere, er oder du?« sagte sie.

»Wie lange war Pietrino Zauli an dem Tag mit Ihnen zusammen?«

»Ziemlich lange ... er hat mich abgeholt, und wir sind zusammen zum Fluß runter, an eine Stelle, die er kennt, eine Jagdhütte. Wir waren bestimmt eine halbe Stunde unterwegs.«

»Mit dem Motorrad dauert es nur zehn Minuten«, sagte Leonardi, »aber ...«

»Aber er war nicht mit dem Motorrad gekommen, das hab ich dir doch schon gesagt … Er hat mich auf dem Fahrrad mitgenommen, auf der Fahrradstange, ich sehe zwar aus wie ein Leichtgewicht, aber …«

De Luca hob die Hand und unterbrach sie.

»Wie lange seid ihr am Fluß geblieben?«

»Den ganzen Nachmittag. Dann ist Pietrino eingeschlafen, und dann sind wir zum Essen nach Villa gefahren, und auf dem Rückweg war er betrunken, und wir sind auch noch im Graben gelandet. Alles nur wegen meinem Bruder.«

»Ihrem Bruder?«

»Ja, Gianni.« Die Frau zog den anderen Unterrockträger hoch und zupfte an ihrem Kleid. »Er will nicht, daß ich mich mit Pietrino treffe, wegen dieser Sache mit dem Schwarzmarkt. Pietrino hat zwar vor keinem Angst, aber ich …«

»Pietrino Zauli handelt auf dem Schwarzmarkt?« fragte De Luca erstaunt. Leonardi schüttelte den Kopf und hob die Stimme, um die Frau, die gerade antworten wollte, zum Schweigen zu bringen.

»Nein, Ingegnere, so einer ist er nicht. Er hat sich nur eines Abends Giannis Lieferwagen ausgeliehen, den mit Holzvergaser, und ihn erst am nächsten Tag zurückgebracht.«

»Na schön, aber was soll diese Geschichte mit dem Schwarzmarkt?«

Diesmal war die Frau schneller. »Es war doch gar nicht Pietrino, der sich den Lieferwagen ausgeliehen hat … Es war Carnera, am Abend vorher, Pietrino hat ihn nur zurückgebracht, und das Auto war voller Blut. Gianni ist aber nicht deshalb so wütend geworden, denn wenn es sich gerade ergibt, bringt auch er das geschlachtete Vieh weg … es war nur so, daß Pietrino sich mal wieder ziemlich blöd angestellt hat, und da hat Gianni …«

De Luca löste sich vom Kotflügel und nickte zerstreut. Er kletterte auf der Fahrerseite in den Jeep und winkelte die Beine an, um an der Gangschaltung vorbei auf die andere Seite zu rutschen. Leonardi gab der Frau die Hand und stieg dann ebenfalls ein.

»Damit ist alles geplatzt«, sagte er finster.

De Luca fuhr zusammen.

»Wie bitte?«

»Pietrino hat ein Alibi, das wir sogar überprüfen können. Er hat die Familie Guerra nicht umgebracht.«

»Ja, natürlich, das liegt auf der Hand. Aber das meinte ich gar nicht, mir geht gerade etwas ganz anderes durch den Kopf. Der Lieferwagen … sie haben ihn gar nicht für den Transport von Tieren benutzt, stimmt's? Ich wette, der Abend, an dem sie ihn benutzt haben, war der siebte Mai …«

Leonardi seufzte tief. »Der Abend, an dem der Graf, ja … Aber was macht das für einen Unterschied? Die Sache ist doch geklärt, oder?«

»Schon, aber irgend etwas an der Geschichte kommt mir merkwürdig vor … Weshalb hat Carnera den Grafen nicht in den Fiat geladen, was viel einfacher gewesen wäre? Zugegeben, in einem Topolino sitzt man etwas beengt, aber weshalb mußte er extra hierher kommen, um sich den Lieferwagen auszuleihen? Und dann ist da noch die Sache mit Pietrinos Motorrad … Dieses rote Motorrad, das ohne eine Menschenseele quer durch die Romagna kurvt, irritiert mich immer mehr … Weshalb hat er an dem Abend, als er mit dem Fahrrad unterwegs war, nicht das Motorrad genommen? Wem hatte er es geliehen? Verleiht er sein Motorrad sonst auch?«

Leonardi trommelte nervös auf dem Lenkrad herum. »Man müßte ihn danach fragen. Aber dann kriegen Sie nur wieder Nasenbluten.«

»Lassen wir das. Nehmen wir uns lieber einmal diesen anderen Punkt vor … Baroncini. Über Nacht wird dieser Herr auf einmal reich und kauft sich zwei Lastwagen.«

Leonardi drehte sich überrascht zu ihm hin. »Woher wissen Sie das nun schon wieder?«

»Ich bin ein Ingegnere, haben Sie das etwa vergessen? Sie selbst aber haben schon vorher von der Sache gewußt und sie mit keinem Wort erwähnt … Wann hat er diese Lastwagen gekauft? Und womit hat er sie bezahlt? Mit Bargeld oder mit etwas anderem? Einem Ring zum Beispiel … Setzen Sie sich mit den Engländern in Verbindung und sehen Sie zu, daß Sie es herausfinden.«

Leonardi lächelte mit einem Kopfschütteln. »Zu Befehl, Ingegnere. Und Sie? Soll ich Sie irgendwo absetzen?«

De Luca nickte entschlossen. »Ja, bringen Sie mich bitte nach Hause … das heißt, in die Osteria. Ich habe endlich wieder Hunger.«

9

Als De Luca vor der Osteria aus dem Jeep sprang, fiel ihm plötzlich ein, daß um diese Uhrzeit sicherlich der Bürgermeister und Carnera und all die anderen Leute in der Gaststube hockten, und während er ums Haus herum ging, um die Hintertür zu nehmen, kam ein dünner Junge in einem gestreiften Unterhemd um die Ecke gerannt und prallte mit ihm zusammen. Der Junge taumelte zwei, drei Schritte zurück, sah ängstlich zu ihm hoch, winkelte dann schnell den knochigen Ellbogen ab und führte die Hand zum militärischen Gruß an die Stirn. De Luca lächelte überrascht, rieb sich das Knie und konnte gar nichts sagen, so schnell war der Junge wieder verschwunden. De Luca bog um die Hausecke, blieb aber augenblicklich stehen, als er einen rauhen, erstickten Schrei hörte. Mitten auf dem Hof stand die Tedeschina und hatte ein Huhn an den Beinen gepackt, das mit dem Kopf nach unten hing, zappelte und in einem letzten Aufzucken mit den Flügeln schlug. Sie hob den Kopf und sah ihn an, ihr Blick war hart wie immer.

»Was ist, halten Sie das nicht aus?«

De Luca wollte widersprechen, obwohl es stimmte, er hielt so etwas wirklich nicht besonders gut aus. Mitten auf dem Hof stand ein Stuhl, die Tedeschina setzte sich hin, legte sich das Huhn auf die Knie und fing an, es zu rupfen.

»Manchmal hält man es leichter aus, zuzusehen, wie ein Mensch getötet wird«, sagte De Luca. Die Tedeschina zuckte die Achseln und sah ihn gleichgültig an.

»Ich habe schon tote Hühner und tote Menschen gesehen, mir macht beides nichts aus«, sagte sie. De Luca nickte. Er sah ihr eine Weile dabei zu, wie sie mit raschen Handgriffen die Federn ausrupfte, dann griff er sich eine leere Obstkiste, drehte sie um, stellte sie neben das Mädchen und nahm vorsichtig darauf Platz. Ein anderes Huhn trippelte mit einem argwöhnischen Gackern herbei und beäugte ihn von der Seite.

»Ich mag das Landleben nicht«, sagte De Luca. »Als ich klein war, haben meine Eltern mich jeden Sonntag mitgenommen aufs Land, und ich wußte nie, was ich da sollte. Wenn ich hinter den Hühnern herlief, wurde ich ausgeschimpft, weil ich dann ganz verschwitzt war. Am Kaminfeuer bekam ich Kopfschmerzen, und ich wußte nicht, wie man es anstellt, über die gepflügten Felder zu laufen. Ich weiß bis heute nicht, wie man das macht.«

Die Tedeschina schlenkerte mit der Hand, um die Federn abzuschütteln, die an ihren Fingern klebten.

»Das sieht man, daß Sie ein Stadtmensch sind«, sagte sie zu De Lucas Verwunderung, denn er war davon ausgegangen, daß sie gar nicht zugehört hatte. »Obwohl Sie im Moment eher aussehen wie ein Zigeuner.«

»Aber einen kleinen Rest an Würde habe ich mir trotzdem bewahrt ... Gerade eben hat mich ein Junge militärisch gegrüßt.«

Die Tedeschina sah ihn an und lächelte, und es war ein listiges, komplizenhaftes Lächeln.

»Ich weiß genau, wer du bist«, sagte sie. De Luca fuhr zusammen, und die Kiste knackte.

»Wer bin ich denn?« fragte er. Die Tedeschina nickte.

»Ich weiß es, alle wissen es.« Sie warf ihm einen raschen Blick zu, ihre schwarzen Augen blitzten auf. »Du bist ein Carabiniere.«

De Luca machte den Mund auf, aber heraus kam nur ein Stöhnen, das gleichermaßen Überraschung und Erleichterung ausdrückte.

»Ich? Wie kommst du denn darauf ... Nein, ich bin kein Carabiniere ... Wirklich nicht. Ich ... ich bin ein Ingegnere, ehrlich ...«

Die Tedeschina nickte und zeigte erneut ihr listiges Lächeln, dann rutschte sie ein Stück auf dem Holzstuhl nach vorn, lehnte sich zurück und legte die Beine auf De Lucas Knie. De Luca schluckte, er fühlte sich unbehaglich und wurde ganz starr. Wieder dehnte sich dieses schwere, weiche, feuchte Gefühl in ihm aus, und es tat ihm beinahe weh. Durch den Stoff seiner Hose spürte er die Hitze ihrer Haut. Er merkte, daß seine Hände zitterten.

»Ach, es ist gar nicht wichtig, wer ich bin«, sagte er mit rauher Stimme, »ich weiß es ja selbst nicht mal mehr.« Er hob die Hand, zögerte kurz und berührte dann mit dem Finger ganz leicht die helle Narbe auf ihrem Knie. Sie ließ es eine Weile geschehen, doch dann fuhr sie ihn plötzlich an: »Faß mich nicht an!« und strampelte mit den Beinen. De Luca wurde rot und zog die Hand weg.

»Ich mag keine Carabinieri«, sagte sie gleichgültig, »außerdem bist du viel zu dünn. Und du hast keine Narben. Carnera sagt, ein Mann ist kein richtiger Mann, wenn er nicht Narben vom Krieg vorzuweisen hat.«

De Luca breitete die Arme aus. »Da sieht man mal wieder, daß ich kein Mann bin. Ich wette, Carnera hat jede Menge Narben am Körper.«

»Ja, sehr viele.«

»Gut, schön für ihn ... Aber ich war ja auch nicht im Krieg, jedenfalls nicht an der Front, als Soldat ... autsch!«

Die Tedeschina hatte ihre Beine so schnell weggezogen, daß sie mit einer der Holzpantinen, die er jetzt in der Hand hielt, gegen sein Knie gestoßen war. Sie war aufgesprungen und suchte hastig ihre Schürzentaschen ab.

»Pietrinos Motorrad!« sagte sie.

»Das Motorrad?« fragte De Luca. In dem Moment hörte auch er das ungleichmäßige Geknatter eines

Motorrads auf der anderen Seite des Hauses. Die Tedeschina zog ein dunkles Kopftuch hervor.

»Ja, das Motorrad! Es gehört zwar Pietrino, aber normalerweise benutzt es Carnera. Wenn er mich so sieht, bringt er mich um ... Er war es, der mir die Haare so kurz geschnitten hat, und jetzt will er, daß ich ein Kopftuch umbinde!« Sie faltete es zu einem Dreieck und hatte es schon über die Stirn gelegt, zog es dann jedoch schnell wieder herunter und stopfte es in die Schürzentasche.

»Aber ich binde es nicht um!« sagte sie und warf den Kopf in den Nacken. Sie setzte sich wieder hin, legte das Huhn auf die Knie und rupfte energisch die letzten Federn aus. De Luca war still sitzengeblieben, hin und her gerissen zwischen dem momentanen Geschehen und einem undeutlichen Gedanken, der in ihm aufgeblitzt und nach dem Schlag gegen das Knie im Nu verschwunden war. Die lähmende Angst, die ihm den Atem stocken ließ, verwirrte ihn restlos, als er Carnera erblickte, der energisch quer über den Hof auf sie zu stapfte.

»Bind dir das Kopftuch um!« knurrte Carnera, und die Tedeschina beugte sich noch tiefer über das Huhn und suchte die gelbliche Haut mit den Fingern nach einer nicht mehr existenten Feder ab. Carnera schob den Unterkiefer vor, und De Luca sah, wie sich die Halssehnen unter der gebräunten Haut spannten.

»Bind dir sofort das Kopftuch um!« wiederholte er. »Mit den Haaren siehst du zum Lachen aus!«

»Ich kenn jemand, der mich auch so schön findet!« sagte die Tedeschina und hob den Kopf. Sie wollte ihm die Zunge herausstrecken, aber Carnera packte mit seiner riesigen Hand ihre Wangen, zog sie vom Stuhl hoch und schüttelte sie, während sie seinen Arm umklammerte und ihn zu treten versuchte, bis es ihr schließlich gelang, sich seinem Griff zu entwinden, seitlich an ihm vorbeizuschlüpfen und ins Haus zu flüchten.

De Luca hatte sich nicht vom Fleck gerührt, war noch nicht einmal von der Obstkiste aufgestanden und hielt immer noch die Holzpantine in der Hand wie ein Narr. Carnera atmete schwer und ballte die Fäuste, bevor er sich ihm zuwandte.

»Ich bin ja nicht verrückt, Ingegnere«, sagte er. »Savioli und sein Klüngel würden Millionen dafür zahlen, daß ich eine Dummheit mache, aber ich weiß genau, daß das jetzt weder der richtige Moment noch der richtige Ort ist, um einen Carabiniere umzubringen. Und das ist auch der einzige Grund, weshalb du noch am Leben bist, Ingegnere.« Er betonte das *gn* mit einem bösen Grinsen. De Luca stand auf, aber Carnera legte ihm eine Hand auf die Schulter und drückte ihn wieder auf die Kiste.

»Was habt ihr nur vor, du und dieser dämliche Guido? Was glaubt ihr denn, wen ihr hier eigentlich vertretet? Das Gesetz? Welches Gesetz? Das Gesetz bestimme ich, und ich weiß besser als ihr, was Gerechtigkeit ist. Das kannst du Guido ausrichten, wenn er seine Haut retten will … Und was dich angeht – du wirst aus Sant'Alberto sowieso nicht mehr lebend herauskommen. Du bist jetzt schon ein toter Mann, Ingegnere.«

De Luca schluckte mühsam, denn er mußte den Kopf in den Nacken legen, um Carnera anzusehen. Carnera hob einen Finger und zielte damit auf sein Gesicht.

»Ich hab dich gewarnt«, stieß er zwischen den Zähnen hervor. »Ich hab dich gewarnt.«

Francesca war allein in der Küche, und kaum hatte sie ihn erblickt, ließ sie das Messer, mit dem sie gerade das Huhn zerlegte, auf das Holzbrett sausen und teilte mit einem glatten Schnitt den Hühnerkopf vom gerupften Hals ab.

»Du bist ein Feigling«, stieß sie hervor.

De Luca setzte sich vor den Kamin, stützte die Ellbogen auf die Knie und den Kopf in die Hände. Dieser Geruch nach Fleisch und Blut drehte ihm den Magen um.

»Nein«, sagte er. »Ich bin kein Feigling, aber ich habe Angst, wahnsinnige Angst. Das ist etwas anderes.«

»Du kotzt mich an! Du bist ein Feigling, und du kotzt mich an!«

De Luca seufzte. »Na gut, dann bin ich eben ein Feigling, aber jetzt muß ich einen Weg finden, um meine Haut zu retten, und vielleicht weiß ich auch schon wie ... Du hast mir da vorhin was erzählt ...«

»Dir erzähl ich überhaupt nichts mehr!« Erneut

ließ sie das Messer auf das Brett sausen, so daß De Luca erschrocken zusammenzuckte und instinktiv die Augen schloß.

»Hör zu, Francesca«, sagte er leise, »du kannst mich nennen, wie du willst, Feigling, Bastard, Faschist, Schwuchtel, aber ich habe da eine Idee im Kopf, und das ist im Moment das einzige, was mich interessiert. Du hast gesagt, daß Carnera ein richtiger Mann ist, weil er Narben vom Krieg hat. Wo sind denn diese Narben?«

Die Tedeschina runzelte die Stirn. Die Absurdität der Frage besänftigte sie, sie lehnte sich an den Tisch und sah ihn einen Augenblick lang an, das Messer in der Hand, ein Bein angewinkelt und den nackten Fuß hinter das Knie des anderen Beins geklemmt.

»Wieso?«

»Wo sind diese Narben?«

»Überall ... an der Schulter, auf dem Rücken ... er hat auch Schnitte am Bauch, von oben nach unten, von damals, als die Faschisten ihn in Bologna geschnappt hatten. Aber wieso ...?«

»Da ist noch etwas ... das ist mir plötzlich eingefallen, als du dir das Kopftuch umbinden wolltest, irgendeine Assoziation. Die Angst läßt mich intensiver nachdenken, wie man sieht. Erinnerst du dich noch an die Nacht, als wir ... als du zu mir gesagt hast, daß du keinem gehörst ...«

»Ich gehöre auch keinem«, wiederholte sie hart, und De Luca nickte und beeilte sich, schnell weiterzureden, bevor sie wieder anfing, ihn zu beschimpfen.

»Ja, ich weiß ... aber in dieser Nacht hast du gesagt, daß Carnera dir etwas geschenkt hat. Was hat er dir eigentlich geschenkt?« De Luca stand auf, sie tat einen Schritt zurück und lehnte sich an den Ausguß. Zum erstenmal wirkte ihr Blick verunsichert.

»Warum willst du das wissen?« fragte sie. »Du machst mir angst ... Ich sag es dir nicht.«

De Luca lächelte. »Dann stimmt es also gar nicht, daß er dir etwas geschenkt hat. Carnera ist keiner, der Geschenke macht.«

»Er hat mir aber etwas geschenkt!«

»Wahrscheinlich nur eine Blume ...«

»Nein! Einen Ring, mit einem blauen Stein, so groß ... und ich hab ihn in den Fluß geworfen!«

De Luca schloß die Augen und atmete einmal tief durch, bis seine Lungen ganz leer wurden, sein verkrampfter Magen sich entspannte und die Übelkeit nachließ.

»Ich wußte es«, sagte er. »Danke, Francesca.«

Er drehte sich um und ging aus der Küche. Als er an der Tür war, rief sie ihm noch einmal »Feigling!« hinterher, aber er bemerkte es gar nicht. Und er bemerkte auch nicht, daß er gedankenverloren die Holzpantine in die Manteltasche gesteckt hatte.

10

»Es war Carnera. Das wußten wir beide, und zwar von Anfang an, nur daß wir alles getan haben, um es nicht zur Kenntnis zu nehmen. Aber er war es.«

De Luca stand mitten im Polizeibüro und zitterte fast vor Aufregung. Leonardi hingegen sah ihn ernst an, eine Augenbraue hochgezogen, die Arme auf den Schreibtisch gelegt, die Hände gefaltet wie in der Schule. De Luca wartete auf einen Kommentar, der jedoch ausblieb.

»Also hören Sie zu«, sagte er, hob den Daumen und schwenkte ihn durch die Luft. »Erstens: das Motorrad. Carnera benutzt es häufig, also könnte er und nicht Pietrino an dem bewußten Abend bei den Guerras aufgetaucht sein. Aber das wußten Sie ja längst, auch wenn Sie es mir nicht gesagt haben. Zweitens ...«, sein Zeigefinger schnellte in die Höhe und bildete ein V mit dem Daumen, »... als Carnera in Bologna von der Brigata Nera geschnappt wurde, hat er am eigenen Leib eine spezielle Vernehmungsmethode kennengelernt und Delmo Guerra auf genau dieselbe Weise gefoltert, wie die Faschisten ihn.«

»Langsam, Ingegnere, langsam! Zwischen Carnera und den Faschisten gibt es einen gewaltigen Unterschied!«

De Luca nickte. »Ja, sicher ... ich meine ja nur, rein technisch gesehen. Wie auch immer ... Drittens: der Schmuck. Im Haus des Grafen findet Carnera den Schmuck, die Brosche und einen Saphirring, und steckt ihn ein ... Ich weiß schon, ich weiß genau, was Sie jetzt denken!« Leonardi schüttelte den Kopf, und De Luca ging mit ausgestreckten Armen auf ihn zu. »Carnera hätte niemals etwas für sich behalten, er ist ein Held und lebt spartanisch, aber, mein Gott, Leonardi, auch ein Held hat ein Herz! Er hat die Sachen für die Tedeschina eingesteckt, um ihr ein großes Geschenk zu machen, um ihr Herz ein bißchen zu erweichen! Sie werden mir ja wohl zustimmen, daß das Mädchen mit seiner Art einem Mann völlig den Kopf verdrehen kann ...«

Leonardi schüttelte noch immer den Kopf und hob die Hände, als wollte er sich die Ohren zuhalten.

»Das erklärt einzig und allein die Tatsache, daß er den Ring hatte, Ingegnere, aber alles andere noch lange nicht! Ich weiß genau, worauf Sie hinauswollen, das habe sogar ich mittlerweile kapiert ... Guerra hat das mit dem Schmuck mitbekommen, und Carnera hat ihm eines der beiden Schmuckstücke gegeben, damit er den Mund hält, und dann den richtigen Moment abgepaßt, um ihn aus dem Weg zu räumen. Aber das ergibt doch keinen Sinn ...«

De Luca runzelte ärgerlich die Stirn und verschränkte die Arme vor der Brust.

»Sie vergessen immer wieder, wer Carnera ist. Wenn er gewollt hätte, hätte er das Haus des Grafen komplett für sich behalten können, keiner hätte auch nur ein Wort darüber verloren, im äußersten Fall hätte er ein bißchen an Ansehen eingebüßt. Aber das reicht noch lange nicht für eine Erpressung, nicht für Carnera. Wir brauchen ein anderes Motiv, Ingegnere.«

»Glauben Sie nicht, daß jetzt endlich der Moment gekommen ist, um ihn selbst danach zu fragen?«

»Was meinen Sie damit?«

»Ihn zu verhaften. Learco Padovani, Carnera genannt, ist in diesem Fall der Hauptverdächtige, also muß man ihn verhaften und verhören.«

Leonardi stand auf und schob den Stuhl zurück, der über den Boden schrappte. Er ging zum Fenster und sah hinaus, als würde die Unterhaltung ihn nicht mehr interessieren.

»Und wie macht man das?« fragte er, nicht ganz bei der Sache.

»Mit einem ordentlichen Haftbefehl, anders als neulich im Schweinestall. Geben Sie mir vier Männer, und ich nehme die Sache in die Hand. Schließlich haben Sie die volle Unterstützung der politischen Autoritäten und die des Bürgermeisters ... Sie werden doch wohl vier Männer auftreiben können, oder?«

Leonardi hauchte die Fensterscheibe an, zeichnete

mit dem Finger eine Linie und betrachtete sie, bis sie sich im Nu wieder auflöste.

»Eben war Savioli hier«, sagte er, und De Luca stockte der Atem. »Es war, als würde Bedeschi reden ... Wir sind alle Kameraden und Brüder, und die alten Geschichten soll man lieber ruhen lassen ... Eins habe ich immerhin aus ihm herausbekommen: Als er heute morgen an der Mühle vorbeikam, hat irgend jemand mit einer Pistole zweimal auf die Mauer geschossen, die Kugeln sind haarscharf an seiner Nase vorbeigeflogen.«

»Na schön, na schön ...« De Lucas Stimme zitterte, und er legte sich eine Hand auf die Lippen, »aber vielleicht schaffen wir es trotzdem, vielleicht könnten wir versuchen ...«

»Ich werde nicht ganz allein losziehen und Carnera verhaften, Ingegnere, das kann ich nicht, und ich weiß auch gar nicht, ob ich das überhaupt will!«

»Na schön ...« De Luca ballte die Fäuste und schloß die Augen, um sich zu konzentrieren. Er stand immer noch mitten im Zimmer, wie festgewachsen. »Ich kann ja verstehen, daß Ihnen der Graf herzlich egal ist, ein Spion der Faschisten, na schön ... dasselbe gilt für Guerra, einen Dieb und Wilderer ... aber die anderen? Brigadiere, was ist mit den anderen drei Menschen?«

Leonardi hob die Faust und versetzte dem Fensterrahmen einen schnellen Schlag, der die Scheibe zum Vibrieren brachte. »Reden Sie keinen Blödsinn, Ingegnere, ich bitte Sie!« zischte er. »Die Alliierten haben Sant'Alberto zum erstenmal an einem Montag bombardiert, und da ist Markt. Es gab so viele Tote, daß wir sie in Schränken begraben mußten, weil es nicht mehr genug Särge gab, und nun? Sollen wir auch den Alliierten den Prozeß machen? Erzählen Sie mir nichts von unschuldigen Opfern, Ingegnere, die Gerechtigkeit interessiert Sie doch überhaupt nicht, Sie wollen nur Ihre eigene Haut retten ... Carnera wird Sie umbringen, und das ist der einzige Grund, weshalb Sie ihn verhaften wollen.«

»Ja, nein ... ich weiß es nicht.«

De Luca biß die Zähne aufeinander, bis er es in seinem Mund knirschen hörte, dann kam endlich Bewegung in ihn, und er fegte mit dem Arm kurzentschlossen alles herunter, was auf dem Schreibtisch lag.

»Herrgottnochmal, Brigadiere!« knurrte er, während Leonardi sich schlagartig umdrehte, »wir haben den Fall gelöst, wir haben den Mörder, wir haben's geschafft! Und Sie wollen die Sache einfach so fallenlassen? Das geht nicht, das können Sie nicht machen, Sie sind doch ein Polizist!«

»Ingegnere ...«

»Jetzt reicht's aber mit diesem Märchen vom Ingegnere!« De Luca brüllte so laut, daß seine Worte verzerrt im Raum widerhallten. »Ich bin kein Ingegnere! Ich bin ein Kriminalkommissar!« Er keuchte, sein Mund stand einen Moment lang offen, dann klappte er ihn zu. Er schluckte, schloß die Augen und fuhr sich seufzend mit der Hand über das Gesicht. »Ich war ein Kriminalkommissar«, murmelte er leise.

Leonardi warf einen Blick aus dem Fenster und gab einer Frau, die neugierig stehengeblieben war, mit einer ärgerlichen Geste zu verstehen, sie solle verschwinden. Er ging zu seinem Schreibtisch und setzte sich. Er zog eine Schublade auf, lehnte sich auf zwei Stuhlbeinen weit zurück, um tief nach hinten greifen zu können, und raschelte mit der Hand in einem Haufen Papier.

»Sie sind mir herzlich egal, Signor Morandi«, sagte er, »Morandi Giovanni.« Er warf De Luca den Personalausweis hin, der an seinem Bauch abprallte und offen zu Boden fiel.

»Nehmen Sie Ihre Papiere und gehen Sie, verdammt noch mal, wohin Sie wollen.«

11

Er starrte auf die Blätter des Baumes, der am weitesten vom Haus weg stand, und wartete darauf, daß sie schwarz würden. Die Stirn, die an der eisigen Fensterscheibe lehnte, tat ihm allmählich weh, und bei jedem Atemzug wanderte der Rand des angehauchten Flecks bis zu seinen Augen hoch, verschleierte den Hof vor der Osteria und löste sich dann schnell wieder auf, wie beim Übergang von Traum und Wirklichkeit in den amerikanischen Filmen. Zuerst hatte er gedacht, es wäre vielleicht besser, unverzüglich loszugehen, noch bei Tageslicht, um sich nicht zu verlaufen, doch dann hatte er gedacht, es wäre besser, noch eine Weile abzuwarten, mindestens eine Stunde, um im Sonnenuntergang mit den grauen Schatten verschwimmen zu können, und dann: lieber noch eine Stunde, weil es dann dunkler ist, und dann: noch eine, weil er nachts ... Das letzte Blatt des Baumes löste sich in einer undeutlichen dunklen Masse auf, De Luca biß sich auf die Lippen und stieß die Luft aus, so daß sich die ganze Scheibe trübte. Vielleicht, dachte er, sollte ich noch eine Nacht warten und erst im Morgengrauen beim ersten Licht ...

»Ingegnere!«

Die Tedeschina riß hinter ihm die Tür auf, und De Luca zuckte zusammen. Seine Stirn schlug dumpf gegen die Scheibe.

»Ingegnere, sind Sie immer noch hier?! Kommen Sie mit!«

Mit schnellen Schritten durchquerte sie das Zimmer und packte ihn in Höhe des Handgelenks am Ärmel, dabei zog sie ihm den Mantel fast über die Schulter.

»Kommen Sie sofort mit! Carnera ist schon unterwegs! Er will Sie umbringen!«

De Luca erstarrte, und der zu stark gespannte Stoff riß am Rücken ein. Dann wurden seine Knie vor Angst ganz weich, er stolperte hinter der Tedeschina her, die ihn mit sich zog, mit hastigen Schritten und vornübergebeugt, um nicht hinzufallen.

Sie eilten die Treppe hinunter und traten durch die Hintertür auf den Hof. De Luca wollte um die Ecke biegen, aber die Tedeschina ließ ihn nicht los und zerrte ihn wie ein Pferd in die entgegengesetzte Richtung.

»Nicht da lang, so laufen Sie ihnen doch direkt in die Arme! Hier lang!«

Sie schlüpfte aus den Holzpantinen, nahm sie in die Hand und lief auf die Felder zu, die Ellbogen an den Körper gepreßt, bewegte sich gewandt und sicher durch die Dunkelheit und blieb nur stehen, um

»Weiter, Ingegnere!« zu sagen, wenn De Luca, der nur die hellen Schatten ihrer nackten Beine sah, über die Erdschollen stolperte und mit einem dumpfen Geräusch hinfiel. Dann erreichten sie die karge Macchia, von der nichts als die dornigen Umrisse der Büsche und der aufrechte, dunkle Schatten eines Baumes zu erkennen waren. Plötzlich drehte die Tedeschina sich um und zwang De Luca stehenzubleiben, indem sie ihm die Holzpantinen gegen die Brust drückte.

»Da sind wir«, sagte sie, »hier ist es.«

An einem Baum lehnte irgend etwas Dunkles, Rundes, bedeckt von einem Wirrwarr dürrer Zweige. De Lucas Augen gewöhnten sich allmählich an die Dunkelheit, und er sah, daß unter dem Brombeergestrüpp eine Bretterwand versteckt war, mit einem Stock quer davor, der in einem Ring steckte.

»Das ist eine Jagdhütte«, sagte die Tedeschina, »aber die Partisanen haben sie als Versteck benutzt. Los, rein mit dir!«

De Luca zog den Stock aus dem Ring und drückte gegen die Bretterwand, die aufging. Er mußte sich bücken, denn die Hütte war sehr niedrig, die Tedeschina schob ihn zur Seite, weil sie auch mit hinein wollte. Sie rückte eine leere Kiste weg und zog einen mit Blättern getarnten Jutesack hoch. Darunter befand sich ein langes, schwarzes Loch in der Erde.

»Da rein«, sagte sie.

De Luca fröstelte. »Ich? Da soll ich rein?«

»Ja, Sie! Nicht die Hütte ist das Versteck, sondern das Loch ... In der Hütte werden sie sofort nach Ihnen suchen!«

Sie schob ihn so energisch auf das Loch zu, daß De Luca fast hineingefallen wäre und über die zwei Stufen der an eine Hühnerleiter erinnernden Holzkonstruktion schlidderte, die hinunter ins Erdreich führte. Die Tedeschina nahm den Jutesack und wollte das Loch damit bedecken, aber De Luca packte ihren zerkratzten Knöchel und hielt sie einen Moment lang fest.

»Danke, Francesca«, sagte er. Sie riß sich los.

»Du bist mir scheißegal«, stieß sie hervor. »Ich mach das nur, um Carnera zur Weißglut zu bringen.«

De Luca kniff die Augen zusammen und bedeckte das Gesicht mit der Hand, denn aus dem Jutesack rieselte eine Handvoll feuchte Erde, die er unangenehmerweise in den Mund bekam, so daß er husten und spucken mußte. Als er die Augen wieder öffnete, stellte er fest, daß um ihn herum völlige Dunkelheit herrschte, und ihm stockte der Atem. Nicht einmal das fahle Mondlicht drang durch die Kiste, die das Loch bedeckte. Er streckte den Arm aus und tastete um sich herum das Erdreich ab, dann zog er die Beine an und setzte sich aufrecht hin, ohne sich anzulehnen, und umfaßte die Knie mit den Armen. Er schlug den Mantelkragen hoch und fröstelte, weil es kalt war und weil er für den Bruchteil einer Sekunde das schauderhafte Bild eines abscheulichen Insekts vor sich gesehen hatte; er verscheuchte das Bild jedoch im nächsten Augenblick, indem er die Stirn auf die Knie legte und die Hände im Nacken verschränkte.

Du lieber Gott, dachte er, was für ein Alptraum, lebendig in einem Loch begraben zu sein, im Dunkeln, umgeben von einer eisigen Stille wie in einem Leichenschauhaus.

Da war nur das schwere, langsame Pfeifen seines Atems und das dumpfe Klopfen seines Herzens, das ihm in den Ohren pochte, die er mit den Armen bedeckte.

Das Rascheln des Stoffs auf der Haut, sobald er die angespannten Muskeln nur leicht bewegte.

Da war das rauhe Knurren seines leeren Magens.

Und dann plötzlich ein Geräusch, das durch die Kiste gedämpft wurde, und noch eins, etwas lauter, dazu ein Surren, ein Flüstern, ein Murmeln, das seinen Herzschlag beschleunigte. De Luca kniff die Augen noch fester zusammen und preßte die Handgelenke auf die Ohren, bis er das Blut in den Adern pulsieren hörte, nur noch das Blut, bis das Flüstern sich in Stimmen verwandelte, in schwere Schritte oben in der Hütte. Das letzte Rumpeln kam von der Kiste, die sein Schlupfloch bedeckt hatte und nun weggezogen wurde. Der Staub aus dem Jutesack rieselte ihm in den Kragen.

»Da ist er!« sagte jemand, während er schon an den Schultern gepackt und hinausgezerrt wurde. Er hielt die Augen die ganze Zeit geschlossen und öffnete sie erst, als er mit dem Rücken gegen einen

Baum prallte und sich an der Rinde festklammern mußte, damit er nicht, in den Mantel gehüllt, abrutschte.

»Sieh mal an, wen wir da haben«, sagte Carnera und leuchtete ihm mit dem gebündelten Strahl einer Taschenlampe ins Gesicht. »Sind Sie beim Trüffelsuchen, Ingegnere?«

De Luca zwinkerte mit den Lidern, weil das Licht ihn blendete. Mit einer Hand schirmte er die Augen ab und sah außer Carnera zwei weitere bewaffnete Männer und etwas abseits, mit einer Petroleumlampe in der Hand, Pietrino Zauli.

»Sie können von sich sagen, daß Sie der einzige sind, der Learco Padovani jemals verarscht hat«, sagte Carnera, »aber Sie werden es nicht mehr herumerzählen können. Haben Sie heute schon die Zeitung gelesen, Ingegnere?«

Carnera trat einen Schritt auf De Luca zu, hielt ihm eine aufgeschlagene Zeitung vor die Nase und richtete den Strahl der Taschenlampe auf die Seite. De Luca kniff die Augen zusammen und entzifferte: DAS URTEIL FÜR DEN SCHLÄCHTER RASSETTO WIRD JEDEN AUGENBLICK ERWARTET, darunter war ein Foto abgebildet, unscharf gedruckt und bei dieser Beleuchtung nur verschwommen zu erkennen. Und am Rand des Lichtkegels, gezeichnet von einem Knick, der mitten durch das Bild lief, stand, die Hände in den Taschen vergraben, in seinem schwarzen Hemd und dem Regenmantel: De Luca.

»Wenn ich bedenke, daß Savioli Sie für ein großes Tier der Partei gehalten hat«, lachte Carnera, »und ich Sie sogar für einen Carabiniere ... Wenn ich daran denke, daß Francesca ...« Er klappte den Mund zu, seine Faust zischte pfeilgerade durch die Luft, traf De Luca mitten auf die Stirn, und der glitt langsam zu Boden.

»Los«, sagte Carnera, »bringen wir ihn weg und tun wir, was wir zu tun haben.«

12

Er erwachte von einem beißenden Geruch, einem säuerlichen, ekelerregenden Geruch, bei dem sich sein Magen zusammenkrampfte. Er versuchte, die Augen zu öffnen, aber das gelang ihm nur zur Hälfte, das zweite Auge blieb halb geschlossen, denn das Augenlid war an der Ecke verklebt, löste sich dann aber mit einem schmerzhaften Ruck und verschleierte ihm die Sicht.

»Das war ein Besoffener, vorgestern abend ... Er hat in die Ecke gekotzt, ich muß es erst noch wegwischen. Aber Sie müssen sich damit zufriedengeben, eine andere Zelle haben wir nicht.«

Leonardi saß im Flur vor der Zelle auf einem Hokker. De Luca hingegen lag, angelehnt an der nackten Wand, auf dem Boden.

»Was ... was mache ich hier?« fragte er.

»Ist das Ihrer Meinung nach eine angemessene Frage aus dem Mund eines Kriminalbeamten? Was macht man in einer Zelle? Sie sind im Gefängnis, Sie sind verhaftet.«

De Luca räusperte sich. Der Gestank war unerträglich, und in seinem Mund sammelte sich eine Menge Spucke, so als müßte auch er sich gleich übergeben. »Warum ich noch am Leben bin, wollte ich damit sagen.«

»Richtig, Sie sind noch am Leben. Gestern abend habe ich einen Blick in die Zeitung geworfen und bin gleich zur Osteria gefahren. Die Tedeschina hat mir erzählt, was passiert war und wo sie Sie versteckt hatte, und ich bin genau in dem Moment gekommen, als die anderen Sie wegtragen wollten. Also habe ich Sie gleich verhaftet und mitgenommen.«

»Und Carnera hatte nichts dagegen?«

»Er hat gesagt, daß ich große Schwierigkeiten bekomme, aber ich hatte das hier bei mir, und da war er still.« Leonardi steckte eine Hand in die Tasche seiner Lederjacke und zog eine schwarze, kleine, runde Handgranate heraus. »Aber das wird nicht lange vorhalten, Ingegnere … Ich mache zwar lockere Sprüche, aber im Grunde scheiße ich mir vor Angst in die Hose.«

De Luca hob einen Arm und streckte Leonardi die Hand entgegen, der ihn verständnislos ansah.

»Kommen Sie, Brigadiere, helfen Sie mir hoch, ich will hier raus.«

»Also wirklich, Ingegnere, ich …«

De Luca seufzte. »Brigadiere, Sie sind doch nicht wegen meiner schönen Worte über die Gerechtigkeit dort aufgetaucht, um mich zu verhaften … Sie haben gemerkt, daß wir mittlerweile beide im gleichen Boot sitzen und daß die einzige Möglichkeit, unsere Haut zu retten, darin besteht, Carnera fertigzumachen. Das weiß ich genausogut wie Sie, also seien Sie unbesorgt, ich laufe schon nicht weg ... Wir haben ja beide gesehen, wie zwecklos das ist.«

Leonardi nickte, dann streckte auch er den Arm vor und zog De Luca mit einem kräftigen Ruck von der Wand hoch.

Im Polizeibüro am Ende des Flurs atmete De Luca so lange durch die Nase, bis ihm schwindelig wurde.

»Sie sind voller Blut«, sagte Leonardi. »Wollen Sie ein bißchen Wasser haben?«

De Luca faßte sich an die Stirn und zog eine Grimasse, als er die harte Kruste einer Platzwunde ertastete.

»Darum kümmern wir uns später«, sagte er, »jetzt haben wir etwas Dringenderes zu erledigen.« Er ging um den Schreibtisch herum und ließ sich geistesabwesend auf Leonardis Stuhl fallen, blickte zur Decke und biß sich auf die Innenseite der Unterlippe. Leonardi warf einen entnervten Blick auf den anderen Stuhl, dann seufzte er.

»Ein heißumkämpfter Sommer«, sagte er.

De Luca senkte den Blick. »Wie bitte?«

»Letzte Woche stand ein Kommentar in der *Unità*, in dem der Sommer '44 so bezeichnet wurde, weil gekämpft wurde und die Leute ihr Leben aufs Spiel setzten ... Jetzt ist schon der Sommer '45 vorbei, und ich kämpfe immer noch.«

De Luca zuckte gleichgültig die Achseln. »Ich kann mich an keinen einzigen Sommer erinnern, der nicht heißumkämpft war. Und es werden noch viele andere folgen.«

Leonardi runzelte die Stirn und schüttelte den Kopf, dann erblickte er im Küchenschrank auf dem Wust anderer Papiere die aufgeschlagene Zeitung mit dem Foto und lächelte säuerlich.

»Das ist schon eine komische Geschichte«, sagte er. »Ich, Partisan und Kommunist, stehe hier und denke zusammen mit einem Faschisten darüber nach, wie ich einen Genossen einbuchten kann.«

De Luca löste den Blick von der Decke. Er legte die Arme auf den Schreibtisch, vergrub den Kopf zwischen den Schultern, saß mit krummem Rücken da.

»Jetzt reicht's auch mit diesem Märchen vom Faschisten«, sagte er.

»Ach ja? Sind Sie etwa auch ein Partisan, Ingegnere?«

»Nein. Ich bin ein Kriminalbeamter. Ich war ein Kriminalbeamter.« De Luca berührte den Schorf und kratzte ihn langsam mit dem Fingernagel ab. Er seufzte. »Ich hatte zwei Jahre an der Universität hinter mir, dann bewarb ich mich bei der Polizei und wurde genommen. Meine Familie wußte nichts davon, sie wollten, daß ich Anwalt werde, aber ich las Gaborieau, die Erzählungen von Poe, die Rue Morgue ... Ich war der jüngste Inspektor aller Polizeipräsidien Italiens. Der erste Fall, den ich gelöst habe ... Erinnern Sie sich noch an Matera? Oder waren Sie damals noch zu jung?«

»Ich habe später darüber gelesen, in den Zeitungen. Filippo Matera, das Monster von Orvieto.«

»Richtig, sehr gut ... den habe ich geschnappt. Die Sache hat viel Staub aufgewirbelt, jedenfalls nach den wenigen Artikeln zu schließen, die danach in den Zeitungen standen ... Mussolini hat mir höchstpersönlich ein Dankesschreiben geschickt. Dann kam der achte September, der Polizeipräsident hatte sich abgesetzt, und ich blieb übrig, um den Laden zu schmeißen, das ganze Polizeipräsidium, zwei Tage lang, nur ich und ein Polizist und das war's, bis die Deutschen kamen und mit ihnen Rassetto. Auf diese Weise bin ich in einem funktionierenden Büro gelandet und konnte wieder wie ein richtiger Kriminalbeamter arbeiten, wie vorher auch. Gibt es einen Fall zu lösen oder jemand aufzuspüren? Ich löse den Fall, ich finde den Mann. Ich habe nie jemand gefoltert und auch nie gesehen, wie jemand gefoltert wurde ... Glauben Sie mir das etwa nicht? Ach, glauben Sie doch, was Sie wollen. Ich war nicht deshalb bei der Squadra Politica, weil ich ein Faschist gewesen wäre, sondern ich war genauso ein Faschist wie viele andere auch, es war mir völlig egal ...«

»Ja, sicher, Sie haben nur Ihre Pflicht getan.«

»Nein, Leonardi, nicht meine Pflicht ... meinen Beruf! Das ist etwas anderes ...«

»Ja, das ist etwas anderes. Das ist sogar noch schlimmer.«

De Luca verzog das Gesicht, breitete die Arme aus und lehnte sich zurück.

»Na schön. Lassen wir die Bewertung für heute beiseite, das ist jetzt nicht der richtige Moment. Ihre Handgranaten werden unser Leben nicht mehr lange schützen können, also sehen wir lieber zu, wie wir aus der Klemme kommen.«

Er stand auf, vergrub die Hände in den Taschen und fing an, im Zimmer auf und ab zu gehen. Leonardi nutzte den Moment, um sich seinen Stuhl zurückzuerobern.

»In diesem Fall gibt es eine Menge unklarer Punkte«, begann De Luca. »Angefangen bei diesem Baroncini, der nichts mit der Sache zu tun hat, aber ständig überall auftaucht und sich dann aus dem Staub macht, als hätte er irgend etwas ausgefressen. Haben Sie sich die Informationen besorgt, um die ich Sie gebeten hatte?«

»Ja. Er hat die beiden Lastwagen in Lire bezahlt, sofort und in bar. An demselben Tag hat er außerdem ein Stück Land gekauft, das aber nichts wert ist, weil es vermint ist.«

»Irgendeinen Wert wird es schon haben ... Baroncini wirkt nicht gerade so, als würde er das Geld zum Fenster hinauswerfen. In der Nacht, als der Graf ermordet wurde, war Baroncini auch in dem Haus, aber er war nicht mit Carnera gekommen. Baroncini weiß irgend etwas Wichtiges und hat Angst, denn er verschwindet und läßt mir über Bedeschi ausrichten, daß wir die Finger davon lassen sollen. Weshalb? Das ist und bleibt ein Geheimnis. Sehen wir uns also mal Carnera an ... Bitte lassen Sie mich wieder sitzen.«

Leonardi stand instinktiv auf, und De Luca setzte sich. Leonardi öffnete den Mund, um etwas zu sagen, aber De Luca redete bereits weiter.

»Also, Carnera und sein GAP fahren zum Haus des Grafen, um ihn zu liquidieren ... um ihn hinzurichten. Alles ganz regulär, bis auf die Tatsache, daß Carnera sich in einem schwachen Moment dazu hinreißen läßt, die Brosche und den Ring einzustecken. Dann passiert plötzlich irgend etwas, und alle nehmen Reißaus. Was haben sie in diesem Haus entdeckt, das so entsetzlich war? Gespenster? Es muß etwas Großes gewesen sein, denn der Fiat war zu klein, sie brauchten Giannis Lieferwagen ... und vor allem«, De Luca klopfte mit den Knöcheln auf die Tischplatte, »muß dieses Etwas so gefährlich gewesen sein, daß sie Delmo kurzfristig mit der Brosche den Mund stopfen mußten. Wovor kann einer wie Carnera nur Angst haben?«

Leonardi sagte nichts, und De Luca nickte.

»Genau. Es gibt nichts, das Carnera angst machen könnte. Er ist ein Held, doch nicht nur das, er ist ein Held, der die Kräfteverhältnisse sehr genau abzuschätzen vermag, denn sonst hätte er mich gleich umgebracht, neulich auf dem Hof. Und Carnera weiß, daß er hier der Stärkere ist.« De Luca klopfte wieder mit den Knöcheln auf den Tisch, lehnte sich zurück und verschränkte die Arme vor der Brust. Leonardi wartete, bis er es nicht mehr aushielt.

»Und jetzt?«

»Jetzt müssen wir den Grafen finden. Dieses schreckliche Etwas, das Carnera angst macht, liegt zusammen mit ihm unter der Erde.«

Leonardi biß sich auf die Lippen, stützte die Hände in die Hüften, wandte sich zum Fenster und sah hinaus.

»Ich warte, Brigadiere«, sagte De Luca.

»Sehen Sie, Ingegnere, die Sache ist die, daß ich gar nicht weiß, wo der Graf begraben wurde. Es gibt hier so viele Stellen, wo Leute verscharrt sind, am Flußufer, hinter dem Herrenhaus …«

»Beim Haus des Grafen mit Sicherheit nicht, denn sie brauchten ja ein Transportmittel … Es muß ein Ort sein, den kaum jemand kennt und wo selten jemand hingeht, der schwer zu erreichen ist und auch weit genug entfernt. Kennen Sie so einen Ort, Brigadiere?«

Leonardi schüttelte den Kopf, blickte unverändert aus dem Fenster, dann klappte sein Mund auf.

»Aber ja, natürlich! Carnera hat einmal einen Deutschen dort begraben! Mein Gott, Ingegnere … auf dem Feld, das Baroncini gekauft hat!«

13

»Sind Sie ganz sicher, daß die Karte stimmt?«

»Keine Angst, Ingegnere, die hat ein Deserteur uns vermacht, und bisher hat sie immer gestimmt. Gehen Sie lieber hinter mir her.«

De Luca setzte unbeholfen einen Schritt vor den anderen und hielt dabei den Spaten in der Hand wie ein Seiltänzer. Er versank mit den Schuhen in der weichen Erde, die noch feucht war vom Regen des Vortages.

»Wir haben Glück«, sagte Leonardi. »Durch die Minen wird das Gebiet, das wir absuchen müssen, eingeschränkt … Hier, hinter diesem Graben liegen keine mehr.«

Sie sprangen über den Graben und blieben auf der anderen Seite stehen. Leonardi stieß einen Seufzer der Erleichterung aus, ließ den Spaten und den Pflock zu Boden fallen und legte die Arme auf das Maschinengewehr, das er sich umgehängt hatte. In der Mitte des Feldes befand sich eine kleine Plattform, das Unkraut wucherte durch die Risse im Zement.

»Das war eine Artilleriestellung mit einer Kanone Kaliber 88«, sagte Leonardi. »Den Baum da haben sie abgesägt, weil er direkt in der Schußlinie stand. Also? Wo fangen wir an? Bald wird es dunkel, Ingegnere.«

De Luca stieg, die Fäuste in die Hüften gestemmt, auf die Plattform und sah sich um. Auch wenn die Minen das Gebiet eingegrenzt hatten, war der Bereich, den sie absuchen mußten, für zwei Leute immer noch viel zu groß.

»Sehen Sie mal da«, sagte Leonardi und zeigte auf einen Haufen aufgeworfener Erde gleich neben der Plattform. »Da hat schon jemand versucht zu graben.«

De Luca nickte. »Baroncini«, sagte er. »Aber ich glaube nicht, daß der Graf so dicht neben der Plattform begraben ist ... Wenn es regnet, läuft das Wasser herunter. Carnera ist alles andere als dumm, den Randbereich können wir also ruhig ausschließen.« Er kniff die Augen halb zusammen, Leonardi hatte recht, das Licht schwand jetzt sehr schnell. »Wenn man etwas verstecken will, auch wenn es für immer ist, dann sucht man sich normalerweise einen Orientierungspunkt ... den abgesägten Baum da. Lassen Sie uns dort anfangen.«

Er sprang von der Plattform und nahm den Pflock, einen Holzstamm, der lang und dünn war wie ein Speer. Er ging zu dem Baumstumpf hinüber und blieb nachdenklich stehen.

»Wie weit reichen die Wurzeln?« fragte er.

»Mindestens bis hier.« Leonardi zog mit dem Stiefel einen Strich in der Erde, De Luca stieß den Holzpflock hinein und drückte ihn mit beiden Händen nach unten, so tief er konnte. Leonardi sah ihm dabei zu, ernst und beunruhigt.

»Ich treibe mich nicht gern da herum, wo die Toten begraben liegen«, sagte er. »Ich finde das widerlich.«

»Die Lebenden machen mir mehr angst«, erwiderte De Luca. Er zog den Pflock heraus, der ein rundes Loch im Erdreich hinterließ, und setzte dann ein weiteres Loch neben das erste und noch eins und noch eins, einmal um den Baumstumpf herum. Er hatte fast die Runde gemacht, als er stockte, weil der Pflock, der erst halb in der Erde steckte, vibrierte.

»Da ist etwas.«

»Mein Gott!«

De Luca nahm den Spaten und stieß ihn neben dem Pflock in die Erde, er grub hastig, aufgeregt und unterbrach sich nur kurz, um den Mantel auszuziehen und auf den runden Baumstumpf zu werfen.

»Was ist?« sagte er zu Leonardi. »Wollen Sie mir nicht helfen?«

Leonardi schnitt eine Grimasse und legte das Maschinengewehr ab. Er griff sich seinen Spaten und begann ebenfalls zu graben, aber langsamer, mit vorsichtigen Spatenstichen, und weiter vom Pflock entfernt. Es wurde jetzt zunehmend dunkel.

»Nehmen Sie die Taschenlampe und leuchten Sie mir«, sagte De Luca und unterbrach die Arbeit, um sich den Schweiß von der Stirn zu wischen. Er zog jetzt auch sein Jackett aus und krempelte die Hemdsärmel hoch, rieb sich dann die Hände, die allmählich zu schmerzen begannen.

»Sie können ihn ebensogut drei Meter weiter weg begraben haben …«, sagte Leonardi, »sie waren zu zweit und haben möglicherweise die ganze Nacht hindurch gegraben … Vielleicht war das, was Sie da gespürt haben, nur ein Stein oder ein Teil von …«

»Hier ist es, sehen Sie mal her!«

De Luca hörte auf zu graben und stieß den Spaten neben dem Rand des Lochs in den Boden. Er bückte sich, schob die Erde mit den Händen zur Seite und deckte einen dunklen Stoffzipfel auf.

»Mehr Licht bitte, Brigadiere!«

Er versuchte, mit aller Kraft zu ziehen, und als der Stoff aus dem Erdreich glitt, verlor er kurz das Gleichgewicht. Es war ein eingewickeltes Bündel, das mit einem geflochtenen Band zugeschnürt war.

»Was ist es? Was ist es?«

De Luca stieg aus dem Loch und setzte sich auf den Baumstumpf. Er löste den Knoten, klopfte die Erde ab und wickelte das Bündel auf dem Holz aus.

»Es ist ein Schlafrock«, sagte er, »der Schlafrock des Grafen. Wir haben's geschafft, Brigadiere, wir haben's geschafft!«

Ein eigenartiges Knistern, das anders klang als das Rascheln der staubigen Atlasseide, ließ ihn aufmerken. Seine Hand lag auf der Rocktasche, er schob zwei Finger hinein und zog ein Stück Papier heraus.

»Was ist es?« wiederholte Leonardi, »was ist es?«

De Luca griff nach Leonardis Hand und lenkte den Strahl der Taschenlampe auf das Papier. Es war eine Empfangsbestätigung, zweihunderttausend Lire zugunsten des CLN von Sant'Alberto, gezahlt von Graf Amedeo Pasini.

»Zweihunderttausend?« fragte Leonardi. »Beim CLN sind niemals zweihunderttausend Lire angekommen ... Einige Faschisten haben den CLN im allerletzten Moment noch finanziell unterstützt, um die eigene Haut zu retten, aber abgesehen davon, daß sie trotzdem dran glauben mußten, habe ich von dieser Spende nie etwas gehört ...«

»Sehen Sie mal nach, wer die Bescheinigung unterschrieben hat.«

»O Gott! Baroncini!«

»Daher hatte er also das Geld für die Lastwagen ... und deshalb ist er auch beim Grafen aufgetaucht und hat sich das Stück Land gekauft ... er wollte die Bescheinigung wiederhaben, die der Graf verständlicherweise immer in der Tasche bei sich trug. Wenn Carnera davon erfahren hätte, würde hier jetzt Baroncini unter der Erde liegen. Und das ist auch der Grund, weshalb er sich aus dem Staub gemacht hat.«

De Luca faltete das Blatt zusammen und reichte es Leonardi, dann stand er auf und stieg wieder in das Loch. Er begann erneut zu graben, unterhalb des Abdrucks, den der zusammengerollte Schlafrock hinterlassen hatte, und jedesmal, wenn er einen Widerstand zu spüren glaubte, hielt er inne und kratzte mit dem Rand des Spatens vorsichtig die Erde weg.

Es war Leonardi, der als erster das fahle, im Mondlicht beinahe bläuliche Knie entdeckte. Er stöhnte leise auf, die Taschenlampe zitterte.

»Oh, mein Gott!«

De Luca ließ den Spaten fallen und fing nun an, mit den Händen zu buddeln, wie ein Hund, über die Schulter sah er hoch zu Leonardi.

»Wie sieht's aus, Brigadiere? Wollen Sie nun Kriminalkommissar werden, oder nicht?«

Leonardi ließ sich ebenfalls in das Loch hinunter, faßte aber nichts an. Mit der Taschenlampe in der Hand blieb er dort stehen, bis De Luca sich aufrichtete und die Hände an der Hose abklopfte.

»Wer ist der da? Ist das der Graf?«

Leonardi warf einen Blick auf das Gesicht, das zwischen den aufgewühlten Erdmassen halb zum Vorschein gekommen war. »Ja«, sagte er und unterdrückte einen ersten Brechreiz, »ja, das ist er.«

»Gut. Wie Sie sehen, ist er nackt, und wie Sie ebenfalls erkennen können – es sei denn, der Graf war ein Mann mit drei Beinen –, liegt unter ihm noch ein zweiter Körper. Und wenn ich bedenke, was über den Grafen erzählt wird und daß der andere auch nackt ist, dann scheint mir, daß die zwei zusammen im Bett waren. Das ist auch der Grund, weshalb Carnera den Lieferwagen brauchte ... Er hat sie alle beide umgebracht, als er beim Grafen war. Wenn Sie sich übergeben müssen, Brigadiere, dann tun Sie das bitte oben ... hier unten ist alles schon widerlich genug.«

Leonardi ließ De Luca die Taschenlampe da und kletterte hastig aus dem Loch. Er kniete sich auf den Baumstumpf, beugte sich über den Rand, riß den Mund auf und preßte sich eine Hand auf den Magen. De Luca ließ den gelblichen Strahl der Taschenlampe über den Boden des ausgehobenen Lochs gleiten, über die ineinander verschlungenen, weißen, in der dunklen Erde leuchtenden Körper, die wie aus Marmor wirkten.

»Na schön«, sagte er zu sich selbst, »na schön. Aber etwas fehlt noch, es fehlt diese entsetzliche Sache, die Carnera solche angst gemacht hat.«

Neben einer blonden Haarsträhne blitzte etwas auf, höchstens eine Sekunde lang, genau so lange, wie der Lichtstrahl es erfaßte, und erregte De Lucas Aufmerksamkeit. Da lag doch noch etwas, unter einer Schaufel voll Erde, und De Luca kratzte es mit den Fingern und den Fingernägeln frei, im Dunkeln, denn die Taschenlampe war ihm aus der Hand geglitten.

»O Gott«, murmelte er, als er das Ding in der Hand hielt, und wiederholte: »Mein Gott!«, als er es endlich im Lichtschein betrachtete: »Sissi!«

»Sissi? Der Hund?« sagte Leonardi heiser.

»Nein, o nein!« De Luca konnte wegen des angespannten, hysterischen Lächelns, das sein Gesicht verzerrte, kaum sprechen. »Nein, Brigadiere, nein ...« Er hielt die zerknitterte Jacke einer Uniform hoch, und die Taschenlampe in seiner Hand leuchtete direkt auf den weißen Streifen mit dem Namen neben den Kragenspiegeln.

»Sissi ist kein Hund ... Sissi ist ein polnischer Offizier!«

14

»Carnera hat sich erschossen, Ingegnere! Kaum hatten wir uns dem Haus genähert, zusammen mit den Carabinieri und den Polen, hat er sich die Pistole unter das Kinn gehalten und abgedrückt.«

De Luca saß auf einem Hocker, den Rücken an die Zellenwand gelehnt, eine Zeitung auf den Knien. Früh am Morgen war eine Frau gekommen, hatte den Fußboden aufgewischt und die Wände mit einem Desinfektionsmittel eingesprüht, das stark nach Alkohol roch. Leonardi verzog angeekelt das Gesicht und riß die Tür auf. Er setzte sich neben De Luca auf das Feldbett.

»Die Polen haben ihren Sissi mitgenommen«, sagte er, »und damit ist die Sache erledigt. Meinen Bericht habe ich in dreifacher Ausfertigung geschrieben, eine Kopie für mich, eine für die Military Police und eine für die Carabinieri ...« Er zog ein zweimal zusammengefaltetes Protokollblatt aus der Tasche seiner Lederjacke. »Ich habe alles aufgeschrieben, Carnera, der zum Grafen fährt, Carnera, der den zweiten Mann umbringt, bevor er merkt, daß es sich um einen polnischen Offizier handelt, Delmo Guerra, der beobachtet, wie er die Leichen auf Baroncinis Grund und Boden vergräbt, und der Carnera mit der einzigen Sache erpreßt, die ihm angst macht, ein Einschreiten der Alliierten, also bezahlt Carnera ihn zunächst und räumt dann die ganze Familie aus dem Weg ... Der Capitano der Military Police hat den Bericht genommen, und dann hat er so gemacht«, Leonardi riß das Blatt der Länge nach entzwei und legte die beiden Stücke aufeinander. »Daraufhin hat der Maresciallo der Carabinieri ›zu Befehl‹ gesagt und so gemacht«, er zerriß das Blatt ein zweites Mal und warf die Papierfetzen in die Luft. Ein Streifen segelte im Kreis herunter und blieb auf seiner Schulter liegen.

»Das ist verständlich«, sagte De Luca. »Die Geschichte ist äußerst peinlich.«

»Genau, und deshalb sind jetzt auch alle zufrieden, Savioli und Bedeschi, die sich Carnera vom Hals geschafft haben ... ebenso wie Baroncini, der aus Bologna zurückgekehrt ist und neue Fenster für die Schule gestiftet hat.«

»Und Sie, Brigadiere? Sind Sie auch zufrieden?«

»Ich weiß es nicht ... ich weiß nicht, ob ich zufrieden bin. Die Carabinieri haben gesagt, daß die Polizei Leute wie mich brauchen kann, aber sie wollten damit nicht sagen, daß ich gut bin ... sondern daß ich vertrauenswürdig bin.« Leonardi schüttelte den Kopf, preßte die Lippen aufeinander, dann zuckte er die Schultern.

»Trotzdem, doch, ich bin zufrieden ... es ist das, was ich wollte. Aber um Carnera tut es mir schon leid.«

De Luca blickte auf seine Hände, berührte mit dem Finger die dicken, glänzenden Blasen auf den Handflächen. Er war es nicht gewohnt zu graben.

»Hier geht es nicht um einen moralischen Schlagabtausch zwischen Gut und Böse, Brigadiere«, sagte er. »Für uns ist Mord nur ein physischer Akt, eine Frage der Verantwortung vor dem Gesetz. Ihr Carnera hat einen großen Fehler gemacht, und für seine Fehler muß man nun einmal bezahlen.« Er merkte, daß Leonardi ihn mit einem eigenartigen Ausdruck im Gesicht ansah, und verspürte Unbehagen.

»Es freut mich, daß Sie die Sache so sehen, Ingegnere«, sagte Leonardi und senkte den Blick. »Denn die Polen sind jetzt zwar fort ... aber die Carabinieri sind immer noch da.«

De Luca klappte den Mund auf, und die Zeitung rutschte ihm von den Knien.

»Mittlerweile wußten doch alle, wer Sie sind«, sagte Leonardi, »ich konnte das nicht mehr verbergen ... und außerdem, mein Gott, Ingegnere ...«

De Luca blickte verwirrt um sich und biß sich auf die Lippen, dann stieß er einen kurzen Seufzer aus, der fast wie ein Stöhnen klang. Die Angst zog ihm den Magen zusammen, er sah zu Boden und schluckte schwer.

»Aber ja ...«, murmelte er, »aber ja, vielleicht ist es besser so ... so kann ich ... alles klären ...«

»Genau ...«, sagte Leonardi, »und genau das ist

jetzt wichtig ... und ein guter Anwalt, eine gute Verteidigung ... Sie werden sehen, alles kommt wieder ins Lot, Ingegnere.«

Sie sahen sich in die Augen, nickten und vermieden es beide, auf die Zeitung zu blicken, die aufgeschlagen auf dem Fußboden lag. Die Schlagzeile lautete: AUSSERORDENTLICHES SCHWURGERICHT: DER KRIMINELLE RASSETTO WIRD ZUM TODE VERURTEILT.

»Ingegnere ...«, sagte Leonardi, »Commissario ...« – aber die Schritte auf dem Flur ließen sie gleichzeitig hochschnellen. Ein Carabiniere in heller Uniform, wie sie auf dem Land üblich war, trat über die Türschwelle, ein zweiter folgte ihm. Er reichte Leonardi ein Blatt Papier.

»Beeilen Sie sich, Brigadiere«, sagte er schroff, »es gefällt mir ganz und gar nicht, wie böse die Leute da draußen uns ansehen ... Da ist eine Verrückte mit kurzen Haaren, die hat uns angespuckt und wollte einen Stein nach uns werfen. Bitte unterschreiben Sie hier ... Ist er das?«

Er zeigte auf De Luca, der starr an der Wand stand, und der zweite Carabiniere machte, die Hand in der Hosentasche, einen Schritt nach vorn. Er packte De Luca an einem Ärmel seines Regenmantels und ließ blitzschnell die Handschellen zuschnappen. De Luca sah Leonardi an, und ein bleiches Lächeln zitterte auf seinen Lippen.

»Das ... das ist mir noch nie passiert ...«, murmelte er.

»Los, gehen wir«, sagte der Carabiniere. Sie packten ihn an den Armen, schoben ihn aus der Zelle, trugen ihn fast hinaus.

»Nicht so grob«, sagte Leonardi und streckte die Hand nach ihm aus, doch sie waren schon draußen. Er blieb allein in der Zelle zurück, das Blatt Papier in der Hand, verwirrt, bis plötzlich ein Ruck durch ihn ging und er in sein Büro hinüberlief.

Er kam gerade noch rechtzeitig, um vom Fenster aus zu sehen, wie sie De Luca in den kleinen Lastwagen mit der heruntergelassenen Plane schubsten und sich aufmerksam und mißtrauisch nach allen Seiten umsahen, das Maschinengewehr im Anschlag.

PIPER

Andrea De Carlo

Die Laune eines Augenblicks

Roman. Aus dem Italienischen von Renate Heimbucher.
265 Seiten. Geb.

Ein dramatischer Unfall, die Begegnung mit einer ungewöhnlichen Frau – und von einem Moment zum andern weiß Luca: er muß sein Leben ändern.

»Kennst du jemanden, der glücklich ist? Der pure Freude darüber empfindet, zu genau diesem Zeitpunkt an genau diesem Ort zu sein?« Ob dieser Ort womöglich Albertas chaotische Küche ist, in der der etwas verwirrte Luca eben einen Topf Spaghettiwasser aufsetzt? Alberta jedenfalls war wenige Stunden zuvor Lucas Retterin, die Dea ex machina gewesen, die ihn in ihrem verbeulten roten Kastenwagen vom Straßenrand aufgelesen hatte – nachdem er bei einem Reitunfall dramatisch gestürzt war. Es ist diese lebensgefährliche Situation, die Luca die Augen öffnet, die sein Bewußtsein unwiederbringlich verändert. Was hält ihn eigentlich noch bei seiner langjährigen Freundin Anna, was ist aus seinen Aussteigerträumen geworden? Intuitiv folgt Luca der Eingebung eines Augenblicks …

»Nie sind die Frauenfiguren De Carlo besser geglückt als hier.«
Corriere della Sera

SERIE PIPER

Isabella Bossi Fedrigotti

Zwei Schwestern aus gutem Hause

Roman. Aus dem Italienischen von Sigrid Vagt. 240 Seiten. SP 2270

Liebe, Haß und Eifersucht sind die Gefühle, die die beiden Schwestern Clara und Virginia ein Leben lang verbinden. Gemeinsam in einem großbürgerlichen Südtiroler Landhaus aufgewachsen, könnten sie verschiedener nicht sein: Clara, die jüngere, dunkelhaarig, melancholisch, verschlossen; Virginia dagegen eine blonde Schönheit, lebenshungrig und rebellisch gegen die längst überholte Lebensweise ihres Elternhauses. Doch ist Clara wirklich die Edle, Tugendhafte, die von ihrer leichtlebigen Schwester um das Lebensglück gebracht wurde? Ein raffinierter Frauenroman, ausgezeichnet mit dem Premio Campiello.

»Auffällig ist die von Isabella Bossi Fedrigotti gewählte Form, und man könnte spekulieren, ob hierdurch autobiographische Momente in die Erzählung einfließen. Denn ungewöhnlicherweise ist der erste Lebensrückblick der jüngeren Schwester Clara in der zweiten Person geschrieben, die nachfolgende Lebensgeschichte der Virginia dagegen in der ersten Person, wodurch der Eindruck einer größeren Zuneigung zu ihr vermittelt wird.
Aus dieser erzählerischen Konfrontation resultieren im wesentlichen die Spannung und der Reiz dieses Romans; für den Leser erhellen sich zudem viele Geschehen... Ein versöhnliches Ende, so ahnt man, wird es für die beiden Damen nicht geben.«
Die Welt

Liebling, erschieß Garibaldi!

Roman. Aus dem Italienischen von Ursula Lenzin. 204 Seiten. SP 2331

Mit der romantischen Geschichte ihrer Urgroßeltern schildert Isabella Bossi Fedrigotti die Welt einer Adelsfamilie in politisch brisanter Zeit.

Giorgio Bassani

Die Brille mit dem Goldrand

Erzählung. Aus dem Italienischen von Herbert Schlüter. 106 Seiten. SP 417

»Bassani zeigt den lautlosen Fortschritt des Verhängnisses, während sich nach außen hin so wenig ändert – mit dieser Fähigkeit, den wirklichen Gang der Dinge aufzuzeichnen, weist er sich als echter Erzähler aus.«

Franz Tumler

Der Reiher

Roman. Aus dem Italienischen von Herbert Schlüter. 240 Seiten. SP 630

»Bassani beherrscht die Kunst, seine Personen von sich wegzuschieben und sie quasi in einen Spiegel zu stellen.«

Eugenio Montale

Ferrareser Geschichten

Aus dem Italienischen von Herbert Schlüter. 250 Seiten. SP 430

Hinter der Tür

Roman. Aus dem Italienischen von Herbert Schlüter. 174 Seiten. SP 386

»Unter den lebenden Erzählern könnte nur noch Julien Green eine solche Verbindung von Zartgefühl und (scheinbar) unbemühter Schlichtheit treffen. Aber Bassani ist ein Julien Green ohne die Rückendekkung des Glaubens. Er unternimmt seinen Rückzug in die vielgeschmähte Innerlichkeit ganz auf eigene Rechnung und tut damit... eher einen Schritt nach vorn, nämlich auf eine Literatur zu, die die Welt nicht nur vermessen will, sondern bereit ist, sie auch in den Antworten zu erkennen und anzuerkennen.«

Günter Blöcker

SERIE PIPER

SERIE PIPER

Maria Venturi

Das Labyrinth der Liebe

Roman. Aus dem Italienischen von Monika Zenkteler-Cagliesi. 230 Seiten. SP 3393

Die attraktive Linda Parodi ist achtunddreißig, alleinerziehende Mutter einer aufmüpfigen Dreizehnjährigen und eines vierjährigen Pflegesohns. Mit viel Temperament und Humor meistert sie mehr oder weniger erfolgreich das tagtägliche Chaos. Nur auf ihre beste Freundin, die Psychologin Sara, ist Verlaß – auch wenn Sara mit gutgemeinter Kritik nicht gerade hinter dem Busch hält. Als Linda auch noch ihren Job zu verlieren droht, ist das Maß übervoll. Da tritt Matteo in ihr Leben: gutaussehend, sensibel und acht Jahre jünger als Linda. Die beiden verbringen gegen viele Widerstände eine intensive und leidenschaftliche Zeit miteinander, doch Linda hat schon zu viel erlebt, um noch an die ganz große Liebe zu glauben. Aber sie unterschätzt Matteo …

Grazia Livi

Geheime Bindungen

Aus dem Italienischen von Maja Pflug. 234 Seiten. SP 2534

In diesen wunderbaren, ganz realistischen Geschichten begegnen wir lauter Männern: einem jungen Gott, einem Verführer, einem Mann in der Ferne, einem Vater aus Papier, einem belauerten Sohn – und Frauen, in deren Blick, sie sich spiegeln. Es ist der Blick der Liebe, der Neugier, des Staunens auf das andere Geschlecht, das geheimnisvoll anziehend und fremd zugleich ist. Grazia Livi erzählt alltägliche Geschichten, in denen Männer wie Frauen in typischen, geradenzu klassischen Verhaltensweisen gezeigt werden, sie beschreibt Entfernungen und Verluste. Diese poetischen Erkundungen lesen sich wie der unveröffentlichte Katalog eines Don Juan – aber von der anderen Seite gesehen: der Mann in den Augen der Frau.

Fleur Jaeggy

Die seligen Jahre der Züchtigung

Novelle. Aus dem Italienischen von Barbara Schaden. 120 Seiten. SP 2453

Das »Bausler« in Appenzell, ein Mädchenpensionat in den fünfziger Jahren – ein Ort, paradiesisch und infernalisch, denn hier werden Mädchen diszipliniert, bis Disziplin selbst zur Lust wird. Die Ich-Erzählerin, um die vierzehn Jahre alt und ganz der Anstalt ausgeliefert, ist empfänglich für den morbiden Reiz der Disziplin. Sie verfällt Frédérique, der Neuen, der Ordnung, Verachtung, Perfektion zur zweiten Natur geworden sind. Das Buch erzählt die Geschichte einer Liebe, die die Erzählerin erst Jahre später in ihrer Intensität und Ambivalenz zwischen eisiger Askese und unterdrückten erotischen Wünschen beschreiben kann. Und es erzählt gleichzeitig die Geschichte einer Krankheit: »Ich wollte eine Heranwachsende zeigen, die einem Wahn erliegt«, schreibt Fleur Jaeggy lapidar über ihre Novelle.

Die Angst vor dem Himmel

Erzählungen. Aus dem Italienischen von Barbara Schaden. 108 Seiten. SP 2602

Alle Protagonisten in diesen sieben Erzählungen verweigern sich unserer Vorstellung von Glück oder Unglück. Zum Beispiel Marie-Anne, die Mutter, die alle einigermaßen glücklichen Möglichkeiten ausschlägt, ihr ungeliebtes Kind wegzugeben, und den unglücklichsten Weg wählt, es zu behalten. Sie alle haben Angst vor dem Himmel, Angst vor dem Pakt, den sie selbst mit falschen Vorraussetzungen eingegegangen sind, mit Vorurteilen, mit blinden Wünschen ihrer Eltern. Mit verstörender Präzision und einer bestechend kristallenen Sprache beschreibt Fleur Jaeggy die Grausamkeit des menschlichen Empfindens.

»Diese Kunst der ebenso harten wie poetischen Sprachfindung, der Verdichtung und Verknappung beherrscht die Autorin Fleur Jaeggy auf meisterliche Weise.«
Süddeutsche Zeitung

SERIE PIPER

SERIE PIPER

Rosetta Loy

Winterträume

Roman. Aus dem Italienischen von Maja Pflug. 274 Seiten. SP 2392

»Musterbeispiel eines Frauenromans – nicht, weil er von einer Frau geschrieben wurde, sondern weil er das Leben und die Welt aus einem unverwechselbar weiblichen Blickwinkel betrachtet... Rosetta Loy hat ein Buch geschrieben, das in die Literaturgeschichte eingehen wird.«

Frankfurter Allgemeine

Straßen aus Staub

Roman. Aus dem Italienischen von Maja Pflug. 304 Seiten. SP 2564

Ein altes Haus im Piemont Ende des achtzehnten Jahrhunderts, zweistöckig, mit Nußbaum, Brunnen und Allee, mit Heuschober und Ställen. Hier spielt die Geschichte, die vom Leben, Lieben und Sterben einer Familie erzählt. Das Haus wird neu gestrichen, ist hell und voller Erwartung, als Giuseppe Maria ins Haus holt. Beklemmende Stille breitet sich aus, als Fantina, Marias Schwester, drei Jahre lang an Giuseppes Bett sitzt und ihn pflegt, bis er stirbt. Das große Familienepos nimmt seinen Lauf über drei Generationen – sinnenfroh und tragisch, skurril und mitreißend.

Schokolade bei Hanselmann

Roman. Aus dem Italienischen von Maja Pflug. 288 Seiten. SP 2630

Hauptschauplatz von Rosetta Loys meisterhaftem Roman ist eine elegante Villa in den Engadiner Bergen, in der sich während des Zweiten Weltkriegs ein leidenschaftliches Familiendrama abspielt. Die schönen Halbschwestern Isabella und Margot lieben beide denselben Mann, den charismatischen jüdischen Wissenschaftler Arturo.

»In den Romanen und Erzählungen von Rosetta Loy dürfen die Ereignisse sich entfalten in dem weiten Raum, den die Autorin für sie erschafft. Ein Raum, der gleichermaßen Platz hat für Verfolgung und Tod wie für einen Blick, der zwei Menschen entzündet.«

Süddeutsche Zeitung

Im Ungewissen der Nacht

Erzählungen. Aus dem Italienischen von Maja Pflug. 236 Seiten. SP 2370

Elsa Morante

La Storia

Roman. Aus dem Italienischen von Hannelise Hinderberger. 631 Seiten. SP 747

Während und nach dem Zweiten Weltkrieg ereignet sich das Schicksal der Lehrerin Ida und ihrer beiden Söhne. Elsa Morante entwirft ein figurenreiches Fresko der Stadt Rom mit den flüchtenden Sippen aus dem Süden, dem Ghetto am Tiber, den Kleinbürgern, Partisanen und Anarchisten. Der Roman war neben Tomasi di Lampedusas »Der Leopard« und Ecos »Der Name der Rose« der größte italienische Bestseller der letzten Jahrzehnte.

La Storia das heißt: *Die Geschichte* im doppelten Sinn des Wortes. Elsa Morante breitet in diesem Roman das unvergleichliche und unverwechselbare Leben jener Unschuldigen vor uns aus, nach denen die Historie niemals fragt.

In Italien, in Rom, erleben Ida und ihre beiden Söhne den Faschismus, die Verfolgung der Juden, die Bomben. Nino, der Ältere, der sich vom halbwüchsigen Rowdy zum Partisanen und dann zum Schwarzmarktgauner entwickelt, ist ein strahlender Taugenichts. Sein Bild tritt zurück vor der leuchtenden Gestalt des kleinen Bruders Giuseppe, dem es nicht beschieden ist, in dieser Welt eine Heimat zu finden. Trotzdem ist seine kurze Laufbahn voller Glanz und Heiterkeit. In seiner seltsamen Frühreife besitzt der Junge eine größere Kraft der Erkenntnis als die vielen anderen, die blind durch die Geschichte gehen, eine Geschichte, die alle zu ihren Opfern und manchmal auch die Opfer zu Schuldigen macht.

Der Roman ist in einer dichten und spröden Sprache geschrieben, die den Fluß der Erzählung mit psychologischer und historischer Deutung aufs engste verbindet.

»Diese Geschichte ist der... nein, gewiß nicht ›schönste‹, aber der aufwühlendste, humanste und vielleicht wirklich der größte italienische Roman unserer Zeit.«

Nino Erné in der WELT

SERIE PIPER

Anita Shreve

Das Gewicht des Wassers

Roman. Aus dem Amerikanischen von Mechtild Sandberg. 292 Seiten. SP 2840

»Anita Shreve ist eine clevere Mischung aus schaurigem Kriminalfall und psychologisch ausgefeiltem Beziehungsdrama gelungen.«

Der Spiegel

Gefesselt in Seide

Roman. Aus dem Amerikanischen von Mechtild Sandberg. 344 Seiten. SP 2855

Maureen, die junge Journalistin, lebt mit ihrem Mann Harrold und ihrem kleinen Töchterchen Caroline in einer trügerischen Idylle. Denn niemand ahnt, wieviel Gewalt und Mißhandlung Maureen von ihrem Mann ertragen muß. Und sie schweigt, vertraut sich niemandem an, entschuldigt seine Handlungen vor sich selbst. Erst nach Jahren flieht sie vor ihm. Für eine kurze Zeit findet sie in einem kleinen Fischerdorf Unterstützung, Zuneigung und Liebe. Aber Harrold spürt sie auf, und die Tragödie nimmt ihren Lauf.

Eine gefangene Liebe

Roman. Aus dem Amerikanischen von Mechtild Sandberg. 253 Seiten. SP 2854

Durch Zufall stößt Charles Callahan in der Zeitung auf das Foto einer Frau, die ihm seltsam bekannt vorkommt. Es ist Siân Richards, die er vor einunddreißig Jahren als Vierzehnjähriger bei einem Sommercamp kennengelernt hatte und die seine große Sehnsucht blieb. Überwältigt von den Erinnerungen schreibt er ihr und bittet um ein Treffen. Auch für Siân war die Geschichte mit Charles nie beendet, sehr zart sind die Bilder der Vergangenheit, sehr heftig das Verlangen. Und aus der unerfüllten Liebe von einst wird eine leidenschaftliche Affäre. Aber beide sind inzwischen verheiratet, haben Kinder und leben in verschiedenen Welten. Sie geraten in einen Strudel von Ereignissen, die unaufhaltsam auf einen dramatischen Höhepunkt zusteuern. Am Weihnachtsabend entschließt sich Charles zur Wahrheit – und zwingt damit Siân zu einer lebenswichtigen Entscheidung, die tragische Folgen hat.

Anita Shreve

Die Frau des Piloten

Roman. Aus dem Amerikanischen von Christine Frick-Gerke. 277 Seiten. SP 3049

Für Kathryn war klar, daß sie zu niemandem auf der Welt ein so inniges, so vertrautes Verhältnis hatte wie zu ihrem Ehemann Jack. Bis zu seinem plötzlichen Unfalltod: denn nun tut sich für sie ein Abgrund an schrecklichen Vermutungen und Gewißheiten auf.
Eigentlich war ihre Ehe glücklich, ja sogar leidenschaftlich gewesen. Ihre Geschichte hatte begonnen in jenem Haus am Meer, mit seinen hohen Fenstern, durch die man den blaugrünen Atlantik sehen kann. Eines Tages hatte Jack ihr dieses Haus tatsächlich geschenkt – als Besiegelung ihrer großen Liebe.
Unfaßbar ist für Kathryn daher die Nachricht seines plötzlichen Todes – Jack, Pilot bei einer großen amerikanischen Fluggesellschaft, ist mit einer vollbesetzten Passagiermaschine vor der irischen Küste abgestürzt. Die Medien munkeln von Selbstmord – aber Kathryn will es einfach nicht glauben. Was könnte ihr Mann vor ihr verborgen haben? Eine rätselhafte Londoner Telefonnummer, die sie in einem seiner Kleidungsstücke findet, weckt einen furchtbaren Verdacht in ihr …

Verschlossenes Paradies

Roman. Aus dem Amerikanischen von Heinz Nagel. 348 Seiten. SP 2897

Die Nachbarskinder Andrew und das Adoptivkind Eden verband zuerst eine tiefe Freundschaft und dann innige, fast mystische Liebe. Doch ein entsetzliches Verbrechen, das Eden für immer zeichnete, setzte ihrer unbeschwerten Jugendzeit ein jähes Ende. Siebzehn Jahre später, die beiden haben sich inzwischen aus den Augen verloren, kehrt Andrew an den Ort des Geschehens zurück, eine ländliche Kleinstadt unweit von New York. Und erst jetzt beginnt er, diese unheilvolle, seltsam magische Liebesbeziehung zu entschlüsseln. Als die gespenstische Wahrheit über Edens Vergangenheit zur Gewißheit wird, erkennt Andrew die Gründe seiner Beziehung zu diesem Mädchen aus verlorener Zeit. Ein meisterhaft komponierter, poetischer Roman voll tiefgründiger Spannung.

SERIE PIPER

Anita Shreve

Olympia

Roman. Aus dem Amerikanischen von Mechtild Sandberg. 480 Seiten. SP 3350

In ihrem neuen Roman erzählt Anita Shreve die auf authentischen Chroniken beruhende Liebesgeschichte zwischen einem 15jährigen Mädchen und einem 41jährigen verheirateten Arzt zu Beginn des letzten Jahrhunderts.
Fortune's Rocks, 1899: Ein luxuriöses Sommerhaus an der herben Küste Neuenglands ist der Schauplatz dieses Dramas einer besessenen Leidenschaft. Olympia, behütete Tochter eines wohlhabenden Verlegers, ein Mädchen von ungewöhnlicher Intelligenz, Reife und Schönheit, erlebt die Liebe wie ein Naturereignis, als ein Freund ihres Vaters zu Besuch kommt. John Haskell ist nicht nur ein bekannter Arzt und engagierter Kämpfer gegen soziale Mißstände in den nahe gelegenen Textilfabriken – er ist auch verheiratet und Vater dreier Kinder. Doch das Wissen um ihr moralisches Unrecht hindert die beiden nicht daran, in einen Strudel großer Gefühle abzutauchen, deren Folgen unabsehbar werden.

»Niemals zuvor war Anita Shreve so auf der Höhe ihrer Kunst.«
Publishers Weekly

»Keine Autorin für jede Lebensstunde, keine, die ablenkt, im Gegenteil. Anita Shreve lenkt hin, wühlt auf, schöpft Leiden, Liebe, Passion. Auch mit Mut zum großen Gefühl.«
Hamburger Abendblatt

PIPER ORIGINAL

Chaja Polak
Sommersonate

Aus dem Niederländischen von Heike Baryga. 120 Seiten. Klappenbroschur

Es gibt so viele Dinge, die ihm angst machen. Deshalb hat der elfjährige Erwin sich auch geschworen, niemals erwachsen zu werden. Seine ganze Leidenschaft gilt der Musik, und während der Stunden bei seinem großväterlichen Cellolehrer vergißt er die Welt um sich herum: seine unaufmerksame Mutter, die nie den Tod ihres ersten Mannes verwunden hat; und auch die Nichte seines Lehrers, die ihn auf verwirrende Weise mit ihrer Sexualität konfrontiert. Bei einem Ausflug ans Meer aber scheint Erwins Leben endlich eine erlösende Wende zu nehmen. Chaja Polaks Lakonie und Zartheit ihrer Bilder beschreiben das verstörende Ende einer Kindheit und die Entdeckung der Liebe.